KB061175

지나가다 머무르다

나남
nanam

김 향 시인은 서울에서 출생하여 국문학을 전공했다. 《심상》으로 등단했으며, 《하루씩 늦어지는 달력》, 《세계를 떠난 사람의 집》 등의 시집과 여행에세이 《길은 산으로 휜다, 아니다 다시 바다로 열린다》를 펴냈다.
이번 여행에세이에서 시인은 접해보지 않은 세계에 대한 호기심과 기대, 여전히 해갈되지 않는 정신의 목마름을 유려한 문장으로 풀어냄으로써 여행에의 유혹과 그 아름다움을 섬세하게 보여준다.

나남 산문선 · 67

김향 여행에세이 ②
지나가다 머무르다

2007년 1월 5일 발행
2007년 1월 5일 1쇄

저자 · · · 김 향
발행자 · · · 趙相浩
편집 · · · 방순영 · 신지영
디자인 · · · 이필숙 · 김지현
발행처 · · · (주)나남출판
주소 · · · 413-756 경기도 파주시 교하읍
출판도시 518-4
전화 · · · 031)955-4600(代)
팩스 · · · 031)955-4555
등록 · · · 제1-71호(79.5.12)
홈페이지 · · · www.nanam.net
전자우편 · · · post@nanam.net

ISBN 978-89-300-0867-9
ISBN 978-89-300-0859-4 (세트)
책값은 뒤표지에 있습니다.

김향 여행에세이 ②

지나가다 머무르다

나남
nanam

김향 여행에세이 ②

지나가다 머무르다

차 례

제1부 티베트-솟음, 혹은 내리꽂힘

청장공로를 따라서 • 11
나는 언제 새 걸음으로 다시 와 네 곁에 누울까—남쵸 호수 • 22
똥의 살림이여!—갼체 종과 갼체 쿰붐 • 27
순례길에서 아침해를—타쉴훈포 사원 • 36
제 몸의 길—분노한 신들의 안식처, 얌드록쵸 호수 • 44
거두절미한 수직의 한 획—라사 • 49
칭짱열차를 타고 • 66

제2부 미얀마-안팎에서 서성거리다 | 〈쉐우민〉선원에서

미얀마에서는 한 박자씩 리듬이 느려진다 • 75
내가 나에게 끼어들지 말기 • 82
지는 해가 더 무겁다 • 86

주면서 바라지 않기 • 91
망상의 바다여! • 96
원 모어(one more)? • 100
망상을 억제하지 말고 보기만 하라 • 103
장애가 수행의 대상이다 • 106
계발된 마음은 멀리 가지 않는다 • 110
밥 주지 마라, 화에게 • 114
아픔은 육체와 정신의 뒤틀림이다 • 116
촛불을 끄다 • 119
있는 그대로 보기, 해석하지 말기 • 121
안을 보고, 밖을 보고, 안팎을 보라 • 124

제3부 미얀마-미얀마의 아침은 새벽 세 시다

미얀마의 아침은 새벽 세 시다—만달레이 • 133
야생화와 밤 물고기와,—혜호 • 135
꽃탑에서 전탑으로—인땡 유적지 • 146
이라와디 강가의 헐렁한 집들—만달레이 • 159
탑에 둘러싸이다—바간 • 177
쉐다곤은 붓다와 제자들의 만남의 장소다—양곤 • 192

제4부 크레타-크노소스 궁전에서

LET IT BE • 205

제5부 카라코람 하이웨이-탁실라에서 우루무치까지

창궐했던 힘들 놓아버리고,—탁실라, 라호르 • 223
마을은 멀고 산은 가깝다—스와트 • 230
나뭇잎 비비는 소리, 어느 신탁의 말씀인가—길기트 • 234
살구꽃 피면 지상의 한 낙원—훈자 • 237
자연이 色을 쓰듯—훈자, 소스트, 쿤자랍패스, 타슈쿠르간 • 243
유목의 내 마음이—타슈쿠르간 • 247
사막왕자—우루무치 • 255

제6부 동해-떠도는 것들

떠도는 것들 • 261 | 바다고기, 육지고기 • 263
쥐포 파는 여자 • 265 | 오뎅과 붕어빵 • 269
웅크리고, 얼어붙고 • 273 | 가문의 깃발처럼 • 274
웅이 • 276 | 공중누각 • 280 | 간지럼이 호기심을 불러… • 281
갈매기와 공 • 286 | 하늘문 • 288

농익은 지구의 가을을 받으소서 • 292
하늘은 아직 가을중 • 295 | 단풍이 무르익어, • 300
소나무와 산수유 • 302 | 산이 어디 갈라고요? • 304
부처님 얼굴 보고 싶으세요? • 306
내가 너를 닮게 해다오 • 307 | 텐진 빠모 • 310 | 동해역 • 313
태백 갔다가, • 316 | 파도와 아이들 • 318
가파름에서 막막함으로 • 320 | 고래 박물관 • 322
물고기를 기다리는 남자 • 324 | 외딴집 • 326 | 햇빛 • 328
크리스마스 선물 • 330 | 걷기 • 332 | 태풍, 매미 • 335
어떤 농부 • 337 | 아침에서 밤 사이 • 338
그래도 오늘의 풍경은 아름답다 • 340 | 선원에서 • 342
서울과 동해 사이 • 344 | 태풍, 산산 • 345

· 후기 | 348

티베트

솟음, 혹은 내리꽂힘

솟음,
혹은
내리꽂힘

청장고로를 따라서

티베트 고원 황량한 벌판에서 그는 한 마리 야크와 살았습니다.

가족도, 집도, 가축도 없이 오로지 야크와 단 둘이 살았습니다.

그들은 서로의 아비고 자식이었습니다.

야크는 풀을 먹고 그는 야크의 젖으로 버터차와 요구르트를 만들어 먹었습니다.

벌판은 그들의 생명이고 우주며 죽음이었습니다.

비바람, 폭풍우 고비고비 넘기면서 초원을 떠돌던 어느날

야크는 그의 곁에서 조용히 눈을 감았습니다.

싸늘해진 야크를 껴안고 그의 몸도 새벽달처럼 점점 이울어져 갔습니다.

파랗고 파래서 살 떨리는 하늘을 펄럭펄럭 헤치며 어디선가 우르르

한떼의 독수리가 몰려왔습니다.

—야크족

이러한 야크족이 살고 있는 티베트에 비로소, 왔다. 중국이 꾸역꾸역 집어삼키는 라사를 뒤로 하고 청장공로(青藏公路: 거얼무에서 라사까지 이어지는 이 도로는 길이가 1,115킬로미터나 되고 평균고도가 4천 이상이다)로 들어선다. 아직은 티베트가 티베트로 남아 있는 곳. 풍경이 스르르 수천 년 뒷걸음친다.

머리가 유난히 커다란 당나귀 한 마리가 고개를 숙이고 터벅터벅 간다. 짐도 없는데 걸음이 무겁다. 저 당나귀 무슨 생각을 하며 가는 것일까? 길가에 나와 있던 어린 야크 한 마리가 버스가 다가가자 허둥대며 도망친다. 멀리서도 차를 보고 먼저 도망치는 놈은 어린 야크다. 간혹 나타나는 몇 가구 집들 마당엔 돌탑도 쌓고 탑도 세우고 마니차(속이 빈 원통 그릇에 경전이나 기도문을 적은 종이를 넣고 돌리는 장치. 한 번 돌릴 때마다 그 안의 내용을 한 번 읽은 것과 같다고 여긴다)도 돌아간다.

긴치마 꼬리를 휘어 감고 얄룽창포(Yarlong Tsangpo) 강이 나타난다. 강은 애초에 사람을 불러들였듯이 계속 사람을 머물게 한다. 강 위로 매어놓은 긴 줄에 경전을 쓴 헝겊이 주렁주렁 출렁다리처럼 걸렸다. 저 말씀의 다리 건너면 무사히 피안에 도달할 수 있을까?

나른해지는 내 머리에 찬물 끼얹듯이 한 무리의 흰 산이 에워싼다. 7천 미터급 탕굴라(Tanggla) 산맥이다. 이산 저산 기슭에 세워놓은 타르초(*tharchog*: 룽다를 걸기 위하여 마을 어귀나 언덕, 고갯길, 지붕에 세운 깃대)에서 룽다(*lungda*: 기도문이나 경전을 써서 줄 혹은 타르초에 매단 오색의 헝겊. 바람을 타고 경전이 온 세상에 전해지기를 바라는 기원이다)가 펄럭인다. 나같이 스쳐가는 나그네에게, 이곳에 존재하는, 우주에 거하는 모든 것들에게 자비와 사랑이 스며들라고 룽다는 색색의 언어로 나부낀다.

해발 4,900미터 고지에 내려 눈부신 산과 마주앉아 시큰거리는 눈을 비비며 점심을 먹는다. 오래된 친구처럼 몇 마리 양이 옆에서 서성거리고 풀잎도 까딱까딱 아는 체한다. 나는 도시락보다 더 맛있는 공기를 한입 한입 공손하게 떠먹으며 여러 번 누려본 이 행복 사무치게 또 누린다. 높은 곳은 맑고 깨끗하다. 가볍고 고요하다.

버스가 해발 5,300미터를 넘어갈 때 여우 한 마리가 힐끗 지나간다. 이런 행렬은 처음 본다는 듯 뜨악한 표정이다. 현지 가이드 말에 의하면 많은 관광객들과 함께 다녔어도 이 길을 온 것은 처음이라고 한다. 시원치도 않은 버스로 몹시도 들썩이는 길을 5,400미터의 고지를 넘어 10시간 가까이 가야 하니 웬만해서는 선뜻 이 길로 들어서지 않을 것이다.

전생에 고산족이었는지 이상하게도 나는 고산증세가 없어서 고통 없이 기쁨에 찬다. 축복에 축복이 겹쳐 열에 들뜬다. 개울 건너 유목민 텐트가 하나 보인다. 검은 색은 오래, 흰색은 짧게 머문다는 표시다. 그 장기 체류자의 집 검은 장막을 들추고 들어가 본다. 할머니와 아들, 며느리, 딸, 손자가 빙 둘러앉았다. 들이닥친 우리들에게 차는 있는데 찻잔이 없다고 미안해한다. 그들에겐 잉여물이란 없으니 그럴 수밖에. 낡고, 메마르고, 거친 것이 전부인 집안에서 윤기 흐르는 것은 난방 겸 취사용 야크 기름뿐이다. 야크는 유목민에게 목숨과

청장공로 주변의 장엄한 풍광

해발 6~7천 미터급 봉우리에 둘러싸인 티베트 고원. 이곳에는 유목민도, 야크도, 양떼도 없고 다만 자연의 숨소리 속에 정적만이 감돈다.

도 같다. 짐을 운반하고, 젖을 짜서 차와 요구르트, 버터를 만들고, 죽은 고기는 먹고, 기름은 연료로 쓰며, 털은 텐트, 가죽으로는 방한용 옷이나 깔개, 그리고 뼈로 빗도 만드는가 하면 심지어 똥까지 요긴하게 쓰인다. 땔감으로.

유목의 공간은 사막과도 같다고 했다. 잡다한 생각을 버리고 강인해지도록 가르치는 곳. 생략하기와 벗어나기를 통하여 사물뿐만 아니라, 사고에서도 본질만을 취하도록 일깨워주며 또한 신체와 공존하는 몸짓, 일종의 내적인 느낌을 가르치는 곳이라고 사막의 순례자, 테오도르 모노는 말했다. '포착되기를 꺼려하는 세계' 와 드러내기를 열망하는 세계가 지금 천막 안에서 만나고 있다. 주변인과 중심인들로써.

해발 4,700미터에 설치한 유목민 텐트. 텐트는 야크털로 짜며 오래 머물 때는 고정식으로 된 검은색을, 양식을 마련하거나 비상시에 단기간 머물 때에는 쉽게 접고 펼 수 있는 흰색의 텐트를 친다.

어머니, 이제 우리는 떠나야 합니다.

초원의 풀은 다 말라버렸고 야크는 풀을 찾아 허덕이고 있습니다.

어머니, 때가 되면 떠나야 한다는 것. 당신도 잘 아시잖아요.

여기, 약간의 짬파와 버터, 그리고 야크 고기를 두고 갑니다.

이 양식이 떨어지면 어머니의 목숨도 스르르 지겠지요.

어머니가 어머니의 어머니를 두고 가셨듯이
이제 제가 어머니를 두고 갑니다.
어머니, 우리는 인과를 믿고 아는 사람들
그러므로 내세에서 다시 만나겠지요. 어머니
마지막으로 손자의 손 한 번 깊이 잡으시고
손등으로 뜨거운 눈물 닦으십시오.
어머니 손에 쥐어드린 마니차를 돌리시며 부디
편안하게, 편안하게 가시기를….
옴마니, 옴마니밧메훔….

– 유목의 그들

유목민은 이동해야 할 때가 되면 가족 가운데 노쇠하여 걷지 못하는 사람은 두고 떠난다. 약간의 양식을 남겨놓고. 양식이 떨어지면 자연히 죽음을 맞이하는데 이것이 환경에 적응하며 살아가는 그들의 방식인 것이다. 지구상의 모든 생명체는 나름대로의 생존의 법칙이 있고 삶의 지혜가 있으므로 당연한 행위겠으나 이런 이야기를 들으면 처연해진다. 삶이 무엇이기에…. 저 할머니, 저 어린 아이마저 언제 어느 자리에서 홀로 죽어갈까?

차는 고비를 숨차게 넘기고 마을로 내려온다. 담숭(Damsung)이다. 그래도 해발 4,200미터. 거리며 집이며 몹시 을씨년스러워서 보기만 해도 몸이 움츠러든다. 난방도 없는 호텔(?)에 들어가 어두컴컴한 방에서 주섬주섬 짐을 챙기고 겨우 세수만 하고 누우니 차고 눅

티베트 사람들은 거의 다 이러한 마니차를 돌리며 경전을 외운다. 통 속에는 경전이 들어있어서 한 번 돌릴 때마다 그 내용을 다 읽는 효과가 있다고 믿는다.

해발 4,700미터에서 만난 유목민. 유목민들은 하나의 텐트 안에서 가족이 모두 함께 생활한다. 이동할 때가 되어 움직이기 어려울 정도의 노인이 생기면 약간의 양식과 함께 남기고 떠난다.

눅한 이부자리가 기다렸다는 듯이 내게 몸을 녹이려 든다. 이불을 두 개 덮으라고 갖다주었지만 무거워서 도저히 덮지 못하고 옷을 있는 대로 껴입고 장갑 끼고 양말 신고 다시 눕는다. 내일의 푸르디 푸른 하늘과 뭉게구름과, 순백의 산, 산, 산을 생각하면서.

나는 언제 새 걸음으로 다시 와
네 곁에 누울까 — 남쵸 호수

으스스한 채로 죽 한 그릇 먹고 서울 면적의 세 배라는 하늘 아래 첫 호수 남쵸로 출발한다. 이 호수 역시 성지이고 순례자들은 당연히 오체투지(五體投地 : 두 무릎을 꿇은 다음 두 팔을 땅에 대고 머리가 땅에 닿도록 절함)로 호수 주변을 돈다. 걸어서만도 20일이 걸린다는데. 하긴 그들은 몇 년 동안 오체투지로 카일라스에도 간다지 않는가. 티베트 사람들은 산은 남편, 호수는 아내라고 여겨서 남쵸 호수는 양띠이고, 카일라스 산은 말띠라고 한다. 그래서 양띠인 사람들이 남쵸 호수를 많이 찾아온다고. 그렇다면 카일라스는 말띠인 사람들이 많이 가는지. 4,718미터 높이에서 출렁이는 남쵸 호수를 만나려면 5,200고지를 또 한 번 넘어야 한다. 나야 가만 앉아 감동에 겨울 뿐이지만 운전사와 차가 고생이다.

힘겹게 힘겹게 올라가는데 눈발 날린다. 눈 속으로 순식간에 구름이 흩어진다. 저 높은 산들도 눈 속으로 스멀스멀 스며든다. 산보

흰눈에 덮인 탕굴라 산맥이 남쵸 호수를 감싸고 있다. 티베트인들은 이 호수를 양띠라고 여겨서 양띠인 사람들이 많이 찾아온다고 한다. 남쵸 호수를 가려면 5,200미터의 고지를 넘어야 한다.

다 구름보다 더 높이서 눈이 내려와 모든 것을 통째로 덮어버린다. 만물이 눈으로 한몸이다. 속속들이 눈이다.

아름다움으로 가는 길은 순탄치 않다. 아름다움으로 가는 길은 열에 들떠 두근거린다. 아름다움으로 가는 길은 행여 가지 못할까 조바심 난다.

남쵸 호수와 탕굴라 산맥. 남쵸 호수는 해발 4,718미터에 있는 하늘 아래 첫 호수다.
길이가 70킬로미터, 너비는 20킬로미터. 한 바퀴를 돌려면 걸어서 20일이 걸린다고 한다.

남쵸 남쵸 남쵸 남쵸 남쵸 남쵸 남쵸……

기다려라. 너에게로 가는 마지막 고개를 헉,헉,헉,헉, 넘는다.
거의 다 왔다. 아니다아니다 눈발 날린다.
이 굵은 눈 그치지 않으면 너에게 가지 못하리.
사방이 눈인데 뼛속 깊이 눈인데 눈, 또 오는구나.

아하, 오다가 그치는구나.
보인다보인다. 네 푸른 몸뚱이 반짝이는 비늘.
하늘이 가장 가까이 두고 싶은 너 남쵸.
탕굴라 산맥 대대손손 자손들이 네 울타리구나.

남쵸, 나는 너와 가지런히 눕는다.
너의 가장자리가 내 중심을 따뜻하게 적신다.
나는 귀로 너에게 말 건다. 네가 양띠라서
양띠인 사람들이 많이 온다지.
소띠인 나는 너와 근친인가 아닌가.
그러나 우리는 가축이 아니다. 산양과 들소.
저 탕굴라 산맥을 헤집고 다니는 싱싱한 날 것.

저기, 야크가 온다. 너처럼 출렁이며 온다.
눈곱 잔뜩 낀 눈을 껌벅이며 흔들흔들 간다.

스쳐간다. 바람도 순간도 흔들흔들 간다. 스쳐간다.
너는 새 물결로 오고 새 물결로 가서 다시 또 오지만
나는 언제 새 걸음으로 다시 와 네 곁에 누울까.

—남쵸 호수에 다가가기

똥의 살림이여! — 간체 종과 간체 쿰붐

다시 8시간의 긴 버스 주행. 우정공로(友情公路 : 히말라야를 가로지르는 도로로써 920킬로미터를 가는 동안 7천 미터급 봉우리들과 티베트의 광활한 고원, 얌드록쵸 호수 등을 볼 수 있다)를 타고 간체로 가고 있다. 내쳐 가면 카트만두에 이르는 이 길은 히말라야를 나누어 가지고 있는, 아니 히말라야가 품고 있는 티베트와 네팔이 접선하는 길이다. 사람이 만든 건축물은 부서지기도 사라지기도 하지만 길은 살아남아 누덕누덕 해진 누대의 이야기를 깁고 기워서 지구 곳곳으로 실어 나른다.

멀다. 척박한 황무지의 연속이다. 보이는 것이 다 간절히 물을 원하는 것 같다. 나는 눈이 점점 건조해지며 따끔거려서 뜨기가 어렵다. 피부가 당기고 입술이 탄다. 나는 무엇에 이렇게 목마른 것일까. 아, 드디어 강이 나타난다. 티베트 사람들이 성지 중의 성지로 여기는 카일라스 산에서 발원한 어머니 강 얄룽창포다. 문명의 발생은 강가에서—. 강이 있으니 만물이 단박 풍요로워진다. 나무, 야크, 양,

티베트인 집안의 기도실. 화려한 신상과 성물, 제기들이 차려져 있다. 재정적으로 여유가 있는 티베트 사람이라면 이렇게 집안에 기도실을 따로 마련하고 여러 신상을 모신다.

철새까지. 산빛도 한결 푸근해진다.

등이 붉은 양 한 무리가 길을 건넌다. 가을이라고 저도 단풍들었는가. 양은 겁이 많아서 경계하며, 서두르며, 힐끗거리며 길을 건넌다. 길가에 좁은 도랑이 길게 흐른다. 좁디좁은 도랑에 나무도, 하늘도, 구름도 다 들어와 쉰다. 어느 집 넓은 마당에(마당이 들판이다) 볏짚을 잘게 썰어 쌓아놓았는데 우리나라 무덤과 꼭 닮았다. 수십 기 볏짚의 무덤. 그 안에 먼저 베인 몸 납작하게 누웠겠구나. 누워 고요히 썩어가겠구나.

꿩처럼 생긴 닭들은 지붕에서 지붕으로 날아다니며 홰를 친다. 한 마리 잡으려면 땀깨나 흘리겠다. 기운이 다 빠진 검은 개 한 마리

티베트의 부유한 가정. 낡은 것이기는 하나 세탁기, TV, 오디오, 믹서 등 웬만한 가전제품을 다 갖추었다.

가 눈으로 닭을 좇는다. 닭은 붉고 긴 꼬리를 휘날리며 마당을 휘젓는다. 저렇게 아름답고 활기찬 닭도 있다니. 나는 닭에게 처음으로 감탄한다. 닭이 마당을 점령한 그 집의 일층은 광이고, 좁고 반들반들 닳은 사다리를 타고 올라가야 사람이 사는 공간이 나온다. 거실 겸 주방에는 낡았으나 압력솥에 TV, 세탁기, 재봉틀, 오디오, 믹서. 웬만한 가전제품이 다 있다. 옆방 기도실에도 화려한 제단에 천수관음상을 중심으로 여러 불상들, 제기들이 수두룩하다. 아주 부잣집인 것이다. 밖으로 나와 보니 이 집 지붕 위 하늘이 유난히 파랗다. 키 큰 나무는 노랗게 단풍들고 옆집 마당에서는 보리타작 하느라 분주하다. 티베트에서 보는 농경 모습이 어쩐지 생소하다. '티베트' 하면 무조건 '황량하다'는 선입견 때문일 것이다. 집집의 긴 담은 겨울에 땔감으로 쓸 야크똥(꼭 메주 덩어리 같다)으로 도배해 놓았다. 저 똥의 살림이여!

농경의 한 마당도 잠시, 다시 또 척박한 장면이다. 엎치고 덮친 산들은 목말라 등이 쩍쩍 터졌다. 입술 바짝 부르텄다. 저 산에 물 줄 수 있었으면. 비 쏟아졌으면. 그런데도 가로수는 있다. 가꾸는 힘의 거룩함이 가지마다 잎으로 열매로 여물어간다.

티베트 민가의 담에 빈틈없이 바른 야크똥. 야크는 티베트인들에게 목숨과도 같다. 젖을 짜고, 고기를 먹고, 텐트를 짜고, 옷을 만들고, 집을 운반하고, 램프를 켜고, 땔감으로 쓰고. 이것이 다 야크에게서 나온다.

가뜩이나 메마른 땅에 공사까지 한다고 길은 먼지로 자욱하다. 지붕이며, 나무며, 다리며, 다리 밑에 웅크린 개며 모두 먼지로 빚어 놓은 것 같다. 목이 깔깔하다.

간체 종(Gyangtse Dzong : 간체 요새)은 그렇게 먼지 속에서 나타났다. 언덕 위에 조금은 연로한 모습으로. 그래도 아직 간체를 지키는 노장처럼 늠름하다. 간체는 중국이 침략하기 전까지 티베트 제3의 도시였고, 14~15세기에는 티베트, 네팔, 부탄을 연결하는 실크 로드의 한 거점이었기 때문에 이곳을 장악하려는 이웃이 많았다. 이들 시킴족이라든가, 라다크족을 막기 위하여 14세기에 이 요새가 만들어졌다. 당시는 난공불락의 요새로 명성을 드높였으나 영국군의 대포 앞에 함락되고 말았다. 거대한 바위 꼭대기에 우뚝 서 있는 간체 종은 지금도 간체 사람들에게 힘을 불어넣는 큰바위 얼굴 같다. 비바람 먼저 맞으며 버티고 선 보호자처럼. 그러나 자신은 막막하게 허공에 떠서.

간체 종에서 멀지 않은 곳에 펠코르 최대(Penkhor Chorten) 사원이 있다. 이 사원은 1418년에 지었는데 여러 종파가 혼합된 사원이었다고 한다. 사원 경내에서 가장 특별한 스투파가 간체 쿰붐(Gyangtse Kumbum)이다. '10만 불탑' 이라고도 불리는 이 쿰붐(스투파)은 전형적인 네팔 양식으로 지은 건물로 대단히 특이한 구조로 되어 있다. 한 구조물 안에 나선형으로 돌아가며 112개의 법당이 있

갼체 종. 실크로드의 한 거점이었던 갼체를 장악하려는 이웃들을 막기 위하여 14세기에 만든 난공불락의 요새로 6백여 년간 유지되었으나 1904년 영국군의 포격에 무너지고 말았다.

순례길에서 내려다본 갼체 쿰붐. 쿰붐은 스투파(불탑)를 일컫는 말이다. 8층까지 올린 이 쿰붐의 6층 테라스 사방에는 도시와 순례자들을 보호하는 네 쌍의 '보호의 눈'이 그려져 있다.

으며 법당의 수와 규모는 위로 올라갈수록 적어져 8층 꼭대기에는 한 개의 법당만 남는다. 법당은 아주 작고 어두운데 빈틈없이 벽화가 그려져 있다. 사캬무니 법당으로 시작해서 아미타불, 미래불, 타라에 봉헌된 것들, 그리고 '분노한 신들' 에게 봉헌된 것도 있다. 특히 이 방의 벽화는 무시무시한 신들이 그려져 있어서 혼자 돌고 있는 나는 으스스해진다. 그러면서도 한층 한층 올라갈 때마다 무엇이 나올까 기대하며 기웃거린다.

드디어 6층 테라스 사방에 그려진 네 쌍의 '보호의 눈' 을 볼 때는 그 눈이 도시와 순례자를 보호한다는 눈이지만 날카롭게 나를 응시하는 것 같아서 공연히 섬뜩하다. 그래도 그 눈 아래서 잠깐 쉬고 옥상으로 올라간다. 아, 숨통이 탁 트인다는 말이 실감난다. 그만큼

갼체 쿰붐. 네팔양식의 15세기 건축물. '10만 개의 얼굴을 가진 건물'이라는 뜻처럼 하나의 건물 안에 112개의 법당이 있는데, 좁고 어두운 법당 하나하나마다에 빈틈없이 벽화를 그렸다.

올라온 길이 숨막혔고 내려다보이는 경관이 거칠 것 없다. 갼체 시가지가 한눈이다. 금세 조립한 듯이 구획이 정연하다. 너무나 정연해서 마음에 각이 진다.

한숨 크게 돌리고 사원 뒤의 순례길로 올라간다. 붉은 성벽을 끼고 유연하게 놓인 길을 나는 사원에 도착했을 때부터 눈여겨보았었다. 올라가면 4천 미터 높이쯤 되겠지만 어떠랴. 호흡을 조절하며 천천히 올라간다. 무심코 건드렸는지 가시나무가 손가락을 찌른다. 따가움이 독하다. 햇볕의 따가움도 그 못지않다. 그래, 널 해치려는 것이 아니었으니 박히지만 말아다오. 성벽 밑을 꾸물꾸물 가는 사람들, 오늘을 꾸물꾸물 살고 있는 중이다. 오늘과 내일의 출렁다리처럼 순례의 길은 출렁출렁 이어진다.

순례길에서 아침해를 – 타쉴훈포 사원

법당 밖에 벗어 놓은 빨간 부츠들. 스님들 것이라기보다 산타클로스가 먼저 떠오른다. 어릴 적부터 산타의 개념이 먼저 머릿속에 입력돼 있기 때문인가 보다. 넓은 법당 안에서 황색 가사를 입은 수많은 승려들이 경을 읊는다. 대부분 20세 전후로 보이는데 그들은 별로 열중하고 있지도 엄숙하지도 않다. 힐끗힐끗 관광객들을 쳐다보기도 하고 몸을 흔들며 중얼거리기도 한다. 허구한 날 반복되는 일이라 그러한지, 아직 껍질이 두껍지 않아 유연하기 때문인지. 아무튼

① 예불 시간에 법당으로 모이는 타쉴훈포의 승려들. 대부분 20세 전후로 보인다.

② 타쉴훈포 사원 법당 입구에 벗어 놓은 승려들의 붉은 신발들

③ 해질 무렵 타쉴훈포 경내에 앉아 있는 노승과 젊은 승려. 그들은 각각 무슨 생각에 잠겨있는 것일까?

판첸 라마의 본거지, 타쉴훈포 사원. 판첸 라마는 달라이 라마와 동등하게 추앙받는 티베트의 영적, 세속적 지도자다. 현재는 중국에서 옹립한 11대 판첸 라마가 이곳에 거주하고 있다. 판첸 라마의 주거지답게 황금빛 지붕과 짙은 갈색의 벽이 화려하면서 장중하다.

그 자유스러움이 오히려 더 인간적으로 느껴진다. 혹시 아는가. 저 푸릇푸릇함 가운데 찬란한 등불의 열매 하나 맺힐는지.

타쉴훈포(Tashilhunpo : 절박한 축복) 사원은 판첸 라마('위대한 철학자' 라는 의미로 달라이 라마처럼 티베트인들의 영적, 세속적 지도자)의 거주지다. 현재 티베트인들에게 인정받은 11대 판첸 라마(나이가 8세라고 한다)는 베이징에 억류돼 있고 중국측이 옹립한 11대 판첸 라마(티베트인들은 가짜라고 인정하지 않는다)가 이 타쉴훈포 사원에 거주하고 있다고 한다.

금빛 찬란한 지붕과 짙은 갈색의 벽이 조화로운 사원의 건물들은 대단히 화려하면서도 장중하다. 과연 주권자의 거주지라는 무게가 느껴진다. 뿐만 아니라 경내에 우람하게 서 있는 성벽처럼 생긴 하얀 벽은 거대한 스크린 같다. 축제 때 탕카(*thangka* : 천이나 종이에 그림을 그려 족자 형식으로 만들어서 사원과 신전에 걸어 놓은 것)를 거는 장치라는데 저 정도 규모에 걸맞은 탕카라면 얼마나 대단할지 선뜻 가늠이 안 된다. 축제 때마다 과거불, 현재불, 미래불을 날짜별로 내걸고 승려들이 형형색색의 가면을 쓰고서 '참(*cham*)' 춤을 추는 광경은 신성하고도 극적이어서 보는 사람들로 하여금 경외감을 일으키게 하는 힘이 있다고 한다. 이러한 춤은 사악한 영혼을 제도하고 수호신을 경배하는 액막이 춤으로 일종의 의식용인 것이다.

영묘탑과 승방, 탄트라와 철학 대학이 있어서 교육, 의료, 복지가 다 해결되는 사원 안에는 건물도 많고 법당도 많고 불상, 탕카, 판첸 라마들의 무덤 등 볼 것도 많지만, 마이트레야(미래불)법당에 모

①

②

①타쉴훈포 사원의 옆면
②타쉴훈포 사원 뒤의 탑

신 마이트레야상은 크기가 26미터에 손가락 하나의 굵기가 1미터인 세계 최대의 미륵불이다. 크기에 압도당해서라기보다 대단히 원만한 얼굴(불상에는 아름답다는 말을 쓰지 않는다)이어서 저절로 손을 모으며 고개를 숙이게 된다. 1914년에 9백여 명의 장인들이 조성한 불상이라는데 우리의 석굴암 불상이 그렇듯이 그들도 불심이 깊은 사람들이 아니었을까?

사원 뒷산은 통째로 순례길이다. 길이 시작되는 곳부터 끝나는 곳까지 셀 수 없이 많은 마니차가 산 전체를 금빛으로 감싸고 있다. 그곳에 발만 들여놓아도 곧 다른 세계로 넘어갈 듯이 낯설고 외경스럽다. 가야 하는데 저곳으로…. 사원 문 닫는 시간이다. 뒷걸음치며 바라보고 바라본다. 어떻게든 가야 해!

새벽에 기어이 어제 못내 바라보던 순례길에 왔다. 사원의 담을 끼고 천천히 올라간다. 잠깐씩 잊어버리는데 아직도 여기는 해발 3,900미터 고지. 서두르면 힘든 곳이다. 벌써 이 부근 사람들이 많이 나와 마니차를 돌리며 주문을 외우며 올라간다. 그 속에 섞여 나도 빽빽한 마니차를 드문드문 돌리기도 하고 옴마니밧메훔을 중얼거리기도 하다가 바닥에 떨어진 초록색 종이를 줍는다. 부적 같은 종이에 글자가 가득이다. 무슨 말인지는 몰라도 꿈틀거리는 글자가 종이 밖으로 기어 나올 것 같다. 나와서 우매한 내게도 스승의 가르침 한마디 일깨워 주었으면. 꼭대기에 있는 바위 이쪽과 저쪽 사이에 경전을 적은 룽다가 구원의 밧줄처럼, 세상 모든 것들의 지붕처럼 그곳에 도

타쉴훈포 뒤 바위산 순례길을 따라 빽빽하게 세워 놓은 황금색 마니차.
햇빛이 비치면 무수한 마니차가 금빛으로 찬란하다. 산 전체가 하나의 성지로
바위 곳곳에 암벽화가 있고 거대한 룽다가 휘날린다.

달하는 순례자의 머리 위에 드리워진다. 나는 그 지붕의 가피 아래서 막 솟아오르는 해를 눈부시게 맞이한다. 해도 제몸이 부신지 눈빛이 가물가물하다.

제 몸의 길 – 분노한 신들의 안식처, 얌드록쵸 호수

한쪽은 단풍 든 나무, 한쪽은 눈 덮인 산. 그 사이로 차는 간다. 나는 흰 산 쪽으로 더 자주 눈이 간다. 지금 나는 겨울인가 가을인가. 고르지 않게 부위별로 계절이 각각이다. 봄이 여름을, 여름이 가을을, 겨울이 봄을 당기기도 덮치기도 하면서 내전중이다. 흰 산은 언제나 제몸을 다 보여주지 않는다. 층층의 산 너머 구름 가까이에서 이마만 내민다. 그의 얼굴과 가슴은 어떻게 생겼을까? 지금 버스는 '분노한 신들의 안식처' 라는 얌드록쵸(Yamdrok-Tso) 호수로 가는 중이다. 분노한 신들을 잠재울 정도라면 그 호수의 위력이 얼마나 대단할지 어서 보고 싶다. 긴 잠 못 들어 날마다 헤매는 내게도 얌드록쵸는 안식을 줄 것인지.

내가 한동안 호수를 그려보는 사이 창 밖의 사정은 단풍도 설산도 사라지고 다시 또 꺼칠하다. 버석버석한 산들은 말라버린 물줄기의 흔적으로 제 몸뚱이에 지도를 그리고, 컴컴한 산골짜기에 그래도 작은 나무들이 털 빠진 짐승의 몰골로 바짝 붙어 있다. 가을이라고 저 혼자 붉어져서.

터뜨려라, 수 만 년 묵히고 삭힌 네 침묵의 기억
네 부르튼 맨발이 뿌리 내린 깊고 뜨거운 속
허옇게 말라버린 물줄기가 제 몸뚱이에 지도를 그리듯이

우리도 제 몸에 지도를 그린다
유목의 마음이여 걸어가라, 그 지도의 안팎을

저 황폐한 골짜기 컴컴한 사타구니에 작은 나무들도 자란다
납작 엎드려 바람 피하며, 가을이라고 저 혼자 붉어져서

된서리 오기 전 벌판은 온통 준비하는 것들로 술렁거린다
야크는 꾸역꾸역 풀을 삼키고 그의 똥은 땔감으로 햇볕에 구워진다
건너편 유목민의 검은 장막에서 때 아닌 연기 피어오른다
어느 유목의 한 마음이 허공으로 흘러든다

–제 몸의 길

버스는 검은 점들 같은 야크 무리를 뒤로 물리며 허물어진 사원의 한귀퉁이를 질질 끌며 4,900미터 캄파라 고개를 끄윽끅 넘는다. 뒤돌아다보니 지나온 길이 무척이나 굴곡 많고 가파른 사람의 삶 같다. 그래도 그치지 않고 길은 가고 삶도 간다. 막다른 길, 막다른 삶의 시큰거리는 콧등까지.

얌드록쵸 호수.
해발 4,488미터에 있는 이 호수를 티베트 사람들은 '분노한 신들의 안식처' 라고 부른다.
이곳까지 오체투지를 하며 오는 순례자도 있다.

얌드록쵸 주변의 룽다. 룽다는 기도문이나 경전을 써서 줄에 매단 오색의 헝겊이다. 바람을 타고 경전이 온 세상에 전해지기를 바라는 기원이다.

문득, 야트막한 계곡 사이사이로 에메랄드빛 무엇인가가 언뜻언뜻 보인다. 초록색 융단을 드문드문 펼친 것 같다. 그것이 호수라는 것은 가까이 갔을 때라야 실감난다. 얌드록쵸는 한 번에 제 모습을 드러내지 않고 4,488미터 드높은 곳 계곡 틈에 숨어서 조금씩 보여준다. 높이 떠서 내려다보면 거대한 전갈 모양이라는데 이렇게 신비한 빛깔의 전갈이 있다면 파충류의 세계가 떠들썩해지지 않을까?

'분노한 신들의 안식처', 얌드록쵸 호수에 손을 담근다
물은 부드럽고 투명한 어느 살결처럼 아른아른하다

나는 물을 떠서 귀를 씻고 그녀의 말씀에 귀 기울인다
거대한 전갈 모습의 에메랄드빛 호수,
그녀가 전갈의 언어로 이야기 한다
나도 알고 그녀도 알고 세상이 다 아는 태초의 언어로 이야기 한다
그녀의 머리맡에서 히말라야도 그 희디흰 귀를 열고 이야기를 듣는다
히말라야, 저 난공불락의 얼음 성채를 허물 자는 태양밖에 없다
산의 신령과 물의 정령이 마주치며
히말라야의 억센 뿌리가 호수의 깊은 곳을 더듬는지
이마에 뿌옇게 김이 서린다
얌드록쵸가 한 번씩 몸을 뒤챈다

—얌드록쵸 호수와 히말라야

거두절미한 수직의 한 획 – 라사

산 자와 죽은 자가 교감하며 현생과 전생, 내생을 넘나드는 공간 — 닳고 가파른 문지방과 너덜너덜한 카펫, 울긋불긋한 불상과 탕카와 만다라, 역대 달라이 라마들의 무덤, 그리고 야크 버터가 흐물흐물 녹아 내리며 풍기는 지독한 냄새 — 의 묘한 분위기가 티베트인들에게 부여하는 영혼의 원동력인가 보다. 그러나 '관세음보살이 사

는 곳'인 포탈라궁은 비어 있다. 주인은 집을 비워 주고 남의 나라, 다람살라에서 40년이 넘도록 돌아오지 못하고 있지만 티베트 사람들은 염원하며, 기도하며, 믿으며 기다리고 있다.

궁전은 13층 높이에 홍색의 성스런 건물과 백색의 거주지 지역으로 지어졌다. 그러니까 홍궁은 역대 달라이 라마들의 영탑을 모신 영혼의 집이고, 백궁은 달라이 라마가 정사를 보던 행정구역인 셈이다. 광대하고, 복잡하고, 천여 개의 방마다 그득그득한 불상과 탕카, 만다라(밀교의 달인들이 경험한 3차원의 세계를 2차원으로 표현한

새벽에 포탈라를 향하여 오체투지하는 사람들. 포탈라와 조캉 사원은 티베트인들의 정신적 지주다. 현재 달라이 라마가 없는 상황에서 그들은 더욱 포탈라를 향하여 간절한 기도를 올린다. 염원하며, 기다리며, 믿으며.

포탈라의 백궁은 달라이 라마가 실질적인 정사를 보던 행정구역이고, 홍궁은 역대 달라이 라마의 영탑이 있는 성지다. 포탈라궁은 원래 7세기에 세웠었으나 지금의 모습은 17세기에 새로 지은 것으로 13층 높이에 천여 개의 방을 가지고 있다.

것. 우주의 힘을 모으는 대단한 원력이 있다고 함), 영탑들을 둘러보는 것 자체가 수십 번 의식을 치른 느낌이다. 지칠 대로 지친 나는 환기되지 않는 실내에서 야크 기름 타는 냄새와 향냄새, 켜켜이 쌓인 먼지들로 지끈지끈, 시큰시큰한 머리와 눈을 궁 밖으로 데리고 나와 순도 120%의 푸른 하늘에 말갛게 헹군다. 입 속까지 화하다.

포탈라(Potala)는 처음에 세워졌던 7세기의 건물은 아니고 17세기에 새롭게 지은 것이지만 그곳에 흐르는 기운은 내가 가 본 고대의 어느 유적지에서 느꼈던 것과는 또 다른 유구함이 전해졌다. 지금은 중국 국기가 기세 좋게 펄럭이는 포탈라궁 앞 광장은 원래 인공 호수

포탈라궁의 창문들. 차양에 영원의 매듭을 그렸다. 수직에 가깝게 보이는 포탈라궁의 흰 벽돌은 바라보는 사람들로 하여금 경건함을 갖게 한다.

였다고 한다. 그때의 사진을 보니까 물 속의 궁이 해저의 왕궁처럼 더욱 신성해 보인다. 해발 3,658미터의 고지에, 거기서 130미터 더 올라간 언덕에 불끈 솟은, 혹은 내리꽂힌 포탈라. 나는 자꾸 그것이 만들어졌다기보다 어느 날 갑자기 솟아났다는 생각이 든다. 신성을 향한, 회귀를 위한 그것은 절벽처럼 아득하고 참배처럼 경건하며 기도처럼 간곡하다. 나는 이른 새벽 포탈라를 향하여 오체투지 하는 사람들 틈에 가만히 선다.

라사(Lhasa)에 있는 또 하나의 궁전 노블링카는 달라이 라마의

노블링카 사원으로 들어가는 입구. 들어가면 숲이 우거지고 새들이 지저귀며 갖가지 꽃들이 피고 지는 아름다운 정원이 있다.

노블링카 사원은 달라이 라마의 여름궁전으로, '보석 공원'이라는 뜻이다. 역대 달라이 라마들은 아름답고 고요한 이곳에서 휴식을 취하며 명상에 잠겼다고 한다.

여름 궁전으로, 역대 달라이 라마들이 명상을 하며 휴식을 취하던 곳이다. 특히 현 14대 달라이 라마, 텐진 갸초는 어릴 때부터 이 궁전을 좋아해서 여기에 오는 날이 일년 중 가장 기쁜 날이었다고 회고한다. 충분히 그랬을 것이다. 울창한 나무와 갖가지 꽃과 풀, 호수, 신선한 대기가 가득한 곳이니 누군들 좋아하지 않을까? 그러나 그가 1959년 티베트 군인의 옷차림으로 조국을 탈출했던 장소도 바로 이 노블링카(Norbu Lingka)다. 호수 안에는 법당이 빈 배처럼 떠 있고 그 주변을 오리들이 떼지어 다니며 그저 즐거울 뿐이라는 듯 꾸액꾸액, 조용한 정원을 흔든다. 천방지축으로 노는 저 오리들이 부럽다. 법당 추

노블링카 사원의 담. 영원의 매듭이 보인다. 저 '영원'의 의미처럼 노블링카는 영원할 것인가.

노블링카 사원의 문 장식. 고리에 걸어 놓은 매듭이 화려하다.

노블링카 사원의 달라이 라마 집무실. 주인은 없고 빈 의자만 덩그렇게 남아 있다. 그는 언제 돌아와 저 의자에 앉아 위기의 티베트를 구할 것인가.

녀에 '영원의 매듭' 을 새긴 하얀 헝겊이 쳐져 있다. 영원의 매듭! 달라이 라마는 이 매듭을 풀지 못한 채 아직도 망명중이다. 그는 언제 돌아와 저 매듭을 훌훌 풀어버릴 것인가.

'보석 공원' 이라는 뜻의 노블링카는 1775년에 7대 달라이 라마가 짓기 시작하여 후대로 내려오면서 증축 보완하며 아름답게 가꾸어졌으나 민중 봉기 때 중국의 폭격으로 파괴되어, 복구한 모습은 실제의 노블링카와는 다르다고 한다.

궁전 안으로 들어가 지금의 14대 달라이 라마의 명상실과 침실을 둘러본다. 그가 사용하던 물건들, 필립스사의 라디오라던가 유럽식 침대, 망원경 등이 떠날 때의 상태 그대로 전시되어 있다. 텅 빈 의자와 침상, 망명할 때의 시각 밤 9시에서 멈춰버린 시계가 주인의 오랜 부재를 알린다. 창 밖에서 기웃거리는 사과나무 가지가 무슨 말을 할 듯 고갯짓한다. 저 나무와 이 방은 다 알고 있을 것이다. 모든 날들의 영광과 치욕, 변화와 혼돈, 혼돈 속에 빛발치는 어지러움을.

라사에서, 아니 티베트의 모든 사원 가운데서 가장 신성시되는 조캉(Jokhang) 사원 정문앞 돌바닥이 반들반들하다. 몸보다 먼저 마음이 비쳐지는 곳. 먼먼 곳으로부터 오체투지로 부르튼 순례자들의 팔꿈치가 치를 떨며 도달하는 마지막 안식처가 조캉 사원이다. 신들의 입김이 서린 듯한 포탈라궁과는 달리 조캉은 진입로부터 사람 냄새와 소리로 시끌벅적 시큼시큼하다. 사원을 빙 둘러 줄줄이 이어진 노점상을 끼고 도는 순례길, 바코르를 시계방향으로 돌면서 웅얼웅얼 중얼중얼거리는 사람들 틈에 끼어 함께 돌다 보면 환청을 듣는 것 같은 착각이 든다.

사원 앞 넓은 광장에는 거대한 타르쵸(룽다를 매달기 위한 깃대)가 우뚝 서 있고 거기 매단 오색의 룽다(기도문이나 경전을 적은 헝겊으로 바람을 타고 온세상에 그 내용이 전해지기를 바라는 뜻이다)가 힘차게 드날리고 있다. 정문으로 들어서자 사천왕상과 비슷한 보호신이 눈을 부릅뜨고 바라본다. 나는 검색당하는 기분으로 공연히 머쓱하다. 사원의 안팎은 온통 향로에서 피어오르는 연기와 버터 램프의

조캉 사원 안뜰. 승려들이 토론을 벌이고 있다. 그들은 때로 일어서서 손짓 발짓, 혹은 손뼉을 쳐가며 격렬한 토론을 한다.

일렁이는 불빛과 기름 타는 냄새로 어질어질하다. 순례길을 돌 때는 환청현상이 일더니 여기서는 환각증세가 나타날 것 같다. 어질어질한 채로 조캉 사원의 가장 핵심적인 법당, 조오 샤카무니 법당으로 떠밀려 들어가 샤카무니(석가모니)의 12살 때 모습을 본 딴 형상이라는 샤카무니 불상에 참배한다. 나는 어린 석가를 자세히 보고 싶었는데 좁은 통로로 사람들이 계속 밀려들어오는 통에 서서 볼 공간이 없다. 내 의사와 관계없이 줄줄이 꿰어진 구슬처럼 줄 따라 들어오고 줄 따라 나가야 한다. 오늘이 무슨 특별한 날인가 했더니 하루중 불상을 공개하는 시간이 바로 이 시간이기 때문이라고. 여행자들이 이렇게 시간을 제대로 맞추어 온 것도 축복이라니 기뻐할 수밖에.

조캉 사원. 조캉은 '조오의 법당'이란 의미로써 조오는 석가모니를 가리킨다. 이 사원은 송첸 감포 왕의 왕비인 중국의 공주가 가지고 온 불상, 석가모니 상을 모신 곳이다. 637년~647년경에 건축되었다고 한다. 명실 공히 티베트 사람들의 정신적 지주가 되는 곳이다.

조캉 사원 옥상. 금칠한 지붕 위에 동으로 만든 마니차, 법륜, 사슴을 올려놓았다. 이곳에서 내려다보면 라사 시가지와 포탈라궁이 한눈에 보인다. 정문 앞에서 오체투지하는 사람들 모습이 클로즈업되어 숙연해진다.

샤카무니 불상은 7세기 송첸 감포 왕(티베트의 왕조 시대, 즉 토번 왕국 시대에 가장 강력하고 정치력이 뛰어났던 왕)의 중국인 왕비 웬첸 공주가 가져온 것으로써 당시의 명칭으로 조오(*Jowo*)는 석가모니를 일컫는 것이고 캉(*khang*)은 법당 또는 신당이라는 뜻이므로 '조캉'은 '조오의 법당'으로 풀이된다. 조캉 사원은 건립 이후 수 세기에 걸쳐 개축되다가 문화 혁명기에 홍위병에 의하여 상당부분 파괴되어(그들은 의도적으로 티베트인들이 가장 신성시 여기는 이곳을 더욱 파괴하였다고 한다) 지금의 모습은 1980년 이후 복원된 것이기는 하나, 그래도 여전히 티베트 사람들이 가장 숭배하는 사원이다.

티베트 사원들은 대개 테라스가 있어서 좋다. 좁고 답답한 실내에서 빠져 나와 탁 트인 테라스에 올라오면 전망도 좋고 기분도 상쾌해진다. 조캉 사원의 옥상은 특히 아름답다. 지붕에 동으로 만든 첨탑이며 봉황, 용머리, 사람 얼굴에 새의 몸을 가진 가루다, 그리고 법륜과 법륜 양편에 다소곳이 앉은 두 마리의 사슴 조각상을 얹었고 옆에는 새빨간 승리의 깃발을 꽂아 노랑 빨강의 조화가 강렬하다. 이곳에서 내려다보면 라사 시가지와 포탈라궁 전체가 한눈에 들어와 사진 찍는 사람들의 지정장소처럼 돼 버렸다. 멀리서 보아도 포탈라는 지엄하다. 거두절미한 수직의 한 획이 허공에 걸렸다. 군더더기 없이 깨끗하게!

해발 3,700미터에서 좀더 올라가야 언덕 위의 하얀집 드레풍(Drepung) 사원에 도달할 수 있다. 힘들어하는 사람들이 늘어난다.

드레풍 사원에서 내려가는 좁은 통로.
양편 건물은 승려들의 거처다.
승려들은 보이지 않고 건물만 우뚝우뚝 서 있다.

드레풍 사원의 외벽과 티베트 여인들. 몰락한 왕조의 도성처럼 적막한 사원의 벽을 끼고 올라가는 여인들의 뒷모습 또한 쓸쓸해 보인다.

드레풍사원은 한때 1만여 명의 승려가 있었던 세계 최대의 사원이었다. 지금은 5백여 명의 승려가 있을 뿐이지만 그때의 규모와 영광을 알려주듯 드넓은 법당과 거대한 마이트레야(미래불)상이 남아 있다.

괴로운 표정으로 천천히, 아주 천천히 걷는 사람들. 언덕으로 오르는 길이 자연히 순례길이다. 이 길은 사원의 뒷산 감보 우체 기슭으로 계속 이어진다. 산기슭 여기저기 놓인 바위에 위대한 스승들의 모습을 그린 암벽화가 화려하다.

드레풍 사원은 대부분 흰색 건물이어서 산에 '여기저기 흩어진 볏짚더미' 같다고 붙여진 이름이다. 6백여 년 전에 4개의 탄트라 대학과 함께 지었다는 이 사원은 포탈라궁이 있기 전까지 달라이 라마가 거처하며 통치했기 때문에 2, 3, 4대 달라이 라마의 무덤도 이곳에

드레퐁 사원 내의 마니차. 마니차는 경전을 넣은 통으로, 한 번 돌릴 때마다 경전을 다 읽은 것과 같다고 한다. 이곳의 마니차는 누가 돌리지도 않는데 돌고 있다. 야크 기름을 이용하여 저절로 돌아가게 한 것이라고 한다.

있다. 이제는 승려가 5백여 명에 불과하지만 한때는 1만 명에 달하는 승려들로 북적이던 크고 중요한 종교적 중심지였다고 한다. 그러나 지금은 적막하다. 몰락한 왕조의 도성 같다. 좁은 방마다 창문이 너덜거리고 다 해진 쪽문은 반쯤 열려 있거나 잠겨 있다. 5백 명의 스님들이 다 어디에 있는지 하나도 보이지 않는다. 달라이 라마가 사용하던 방문 앞에는 아직도 '권리의 망치' 가 걸려 있지만 권리는 오리무중. 바람 부는 언덕에 빛바랜 백색 건물이 썰렁하다.

나는 중세의 담을 끼고 중세의 돌길을 내려간다. 다가닥다가닥

칭짱 열차 안에서 맞이한 일몰. 티베트와 작별을 고하듯 해는 깜빡깜빡 산너머로 사라지고 있다. 하늘을 온통 제빛으로 붉게 적시며.

말 타고 내려갔으면. 좁은 통로를 비집고 늘어선 높은 건물들이 숨차 보인다. 승려들의 거처라는데 여전히 사람 기척이 없다. 갑자기 한 무리 양떼가 우르르 앞을 가로지른다. 어디서 느닷없이 나타났을까. 언덕 위의 하얀 집 문간에서 누가 돌리지도 않는데 마니차가 저 혼자 돌아간다. 바람결에 드레풍드레풍! 소리 들린다.

칭짱열차를 타고

가고 싶다 가고 싶다 하면서도 선뜻 가지 못하던 고향을 다녀온 느낌이다. 티베트는 누구나 품고 있는 마음의 고향, 언젠가는 가리라 고 새겨 두고 있는 근원의 자리 같은 곳이다. 라사는 중국의 어느 거리와도 유사했으나 담숑으로 가는 높고 험한 청장공로 일대에서 티베트의 진면목을 볼 수 있었다.

돌아오기 위하여 2006년 7월 1일에 개통된 칭짱열차를 탄다. 베이징에서 라사까지 48시간 동안 4,064킬로미터를 달리는 이 '하늘을 나는 열차' 는 평균 해발 4천 미터에서 5,072미터까지 넘나든다. 기존의 철로를 제외한 거얼무에서 라사까지의 1,142킬로미터 구간은 불가능하리라던 난공사였다고 한다. 우선 고도상의 문제가 그렇고 고원의 지반이 동토인지라 폭우나 폭설로 녹아들 수 있기 때문이다. 그런 지반 위에 레일을 깔고 열차가 달린다는 것은 위험천만일 수 있다. 40년 동안의 구상과 4년간의 공사기간 동안 레일을 만들고 나르기 위하여 현장에 공장을 새로 짓고, 인부들의 고산증세를 치료하느라 병원도 세웠다고 한다. 중국인들이 이 공사를 성공적으로 끝내고 열광하는 것은 지극히 당연하다. 그러나 안타까운 것은 이 열차로 인해 가뜩이나 중국화되어 가는 티베트가 하루가 다르게 독자적인 문명을 잃어가고 물질화되고 있다는 점이다.

열차가 긴 호흡으로 라사를 떠난다. 열차에 담긴 사람들이 라사를 떠난다. 청장공로와 우정공로에서 보았던 유목의 장면들이 휘휘 스쳐간다. 며칠 전 일이 먼 옛날 같다. 긴 꿈속에 빠져 아직 발을 빼지 못한 듯 허공에 둥실 뜬 느낌이다. 어쩌면 계속 빠져 있고 싶은 심정인지도 모르겠다.

열차가 담숭을 지난다. 추워서 덜덜 떨던 곳. 높아서 어질어질 하던 곳. 그러나 가슴이 가장 활짝 열리던 곳. 저 입술 부르튼 산, 저 야크의 해어진 발바닥, 싱싱한 초록의 지평선, 망망대해에 떠 있는 한 척의 남루한 유목민 텐트…. 안녕 안녕 안녕….나는 언제 또 새 걸음으로 저들에게 와 무럭무럭 김 오르는 한 시루 공양을 올릴 수 있을까. 붉어지는 내 눈시울을 아는지 노을이 저도 뜨겁게 하늘 한 깃을 적신다. 노을이여, 내일은 또 어느 누구와 함께 어깨를 들먹일 것인가.

우리가 마음속 깊이 품고 있는 마지막 성지가 무너져 가는 것을 보고 돌아오는 지금, 고원의 적막함과 순수한 아름다움에 휩싸였던 환희심 위에 씁쓸한 슬픔이 겹쳐 무거운 마음을 내려놓을 수가 없다. 지금도 오체투지로 수백, 수천 날에 걸쳐 성지로 향해 가는 티베트 사람들. 그들은 이 어지러운 혼돈 속에서 파랗고 파래서 부르르 살 떨리는 그 하늘로 문득 기화해 버리지나 않을지….

미얀마

안팎에서 서성거리다

〈쉐우민〉선원에서

안팎에서 서성거리다

미얀마는 아직 우리에게 낯선 곳이다. '버마'라고 하면 더러 아는 사람들이 있을 것이다. 미얀마가 바로 옛 버마. 그 나라는 전 국민의 90% 가량이 불교도인 불교 국가여서 사원, 불탑, 불상, 그리고 스님의 나라라고 할 수 있다.

불교에서 하는 수행 가운데 위빠사나(*vipassana*)라는 것이 있는데 이것은 호흡을 할 때 배 혹은 코끝의 움직임을 통하여 일어나는 몸과 마음의 느낌을 알아차리는 수행이다. 생각이나 판단 없이 다만 느낌만을 지켜보는 것이다. 이 수행이 가장 활발하게 이루어지고 있는 곳이 미얀마다. 그래서 위빠사나에 관심이 있는 여러 나라 사람들이 미얀마의 기후가 좋은 11월~2월 사이에 가장 많이 수행처를 찾아온다.

나도 2006년 1월에 미얀마의 수도 양곤 외곽에 있는 쉐우민선원에 갔었다. 나는 특정한 종교를 가지고 있지 않다. 이 말은 하나의 교리에 얽매이지 않고 자유롭게 사유할 수 있다는 뜻이 되겠다. 어떤 조직이나 권력과 자주 접하다 보면 그 영향권에서 벗어나기가 쉽지 않다. 미래에 대해서는 알 수 없지만 아마도 나는 '지팡이를 들고 너의 고통을 향해 걸어가라. 오, 여행자여'라고 말한 프시카리(Psichari)처럼 그렇게 내 갈 길을 갈 것 같다.

그럼에도 불구하고 나는 왜 생경한 나라의 수행처까지 갔을까? 곰곰 생각해 보니 그것은 접해 보지 않은 세계에 대한 호기심과 기대, 여전히 해갈되지 않는 정신의 목마름 때문이 아니었나 생각된다. 자주 들뜨고, 대개는 충동적이고, 결국은 확고하지 못한 나의 근성을 데리고 오래 전부터 수행한다는 곳을 이곳저곳 기웃거려 왔다. 그러나 나는 아직 평온하지 못하다.

그럴 수밖에 없었다. 수행은 그 누구로부터 배우는 것이 아니라 진정한 내면의 변혁이어야 하기 때문이다. 수행한다는 것은 자신의 전 존재를 걸고 아는 것으로부터, 알고자 하는 것으로부터의 벗어남이며 못내 놓지 못하는 집착과 쾌락을 포기하는 것이다. 또한 날마다 새롭게 태어나기 위하여 어제의 상처와 갈등, 조작된 삶의 방식에 대하여 죽을 수 있음마저 의미한다. 그러나 고백하건대 나는 이러한 간곡함과 분연함 없이 안일하고 진부한 일상을 그대로 껴안은 채 변화되기 위한 방법과 체계만을 찾아 헤맸다. 가르침을 받으며 한동안 마음이 편해진 것 같았지만 그것은 얼마나 얕은 개울이었던가. 세상으로 향한 욕망의 뿌리는 그대로 묻어둔 채 가지만 친 격이다.

이 기록은 하나의 '수행 체험기'라고 하면 좋을 것이다. 대부분이 불교 신자들인 수행자들 틈에서 나는 어느 쪽에도 편승하지 않고 보고, 듣고, 느낀 것을 사실적이고 담담하게 일기 형식으로 썼다. 수행이나 명상에 관련된 책들 가운데는 지나치게 그것에 함몰되어 오히려 왜곡하거나 미화, 확대하여 읽는 사람으로 하여금 부질없는 환상과 기대를 갖게 하는 경우가 많다. 이 글은 어떤 목적성도 없다. 그냥 썼다.

불국토 미얀마에 이 시를 바친다.

화엄제비꽃

야생화 가득한 들판, 꽃에 취하여
비틀거리다 넘어졌을 때
화엄제비꽃을 보았다
몸을 낮추어야 그 세계를 볼 수 있는 꽃
화엄 자리에 발기한 꽃자리는 그래도 붉다

야생화 가득한 들판, 화엄이 물결친다
엎어진 채 마음 한구석 축축한 곳에
제비꽃 한 그루 옮겨 심는다

나는 언제쯤
저 화엄의 물관을 타고 내려가
내 마음 환하게 들여다볼 수 있을까

미얀마에서는 한 박자씩 리듬이 느려진다

까마귀 소리를 음악 삼아 니꼬 호텔 아름다운 정원에서 아침 식사를 한다. 눈빛이 순한 미얀마 종업원들이 푸근하다. 눈동자도 천천히 돌리고 눈도 느리게 깜빡인다. 이곳에서 이것저것 우리를 돌보아주는 민한 씨도 선함이 얼굴에서 뚝뚝 떨어진다. 자기가 얘기할 때도 어금니 다 드러내고 웃고 남의 얘기 들을 때도 그렇게 웃는다. 한 박자씩 내 리듬도 느려진다. 더 느려져도 좋을 것이다.

식사 후 양곤(미얀마의 수도로, 나라 이름이 버마였을 때는 랭군으로 불리던 곳) 시내에 있는 마하시 선원을 방문한다. 마하시 선원은 1947년 마하시 대선사가 건립한 위빠사나(*vipassana* : 호흡을 할 때, 배 혹은 코끝의 움직임을 통하여 일어나는 몸과 마음의 느낌을 알아차리는 수행) 수행처로 현재 전세계에 38개 분원을 가지고 있다. 양곤의 마하시 선원은 이를테면 본부로써 1,200명을 동시에 수용할 수 있을 만큼 규모가 크다.

선원의 신도회 회장이 우리에게 언제든지 와서 묵으라고 한다. 이 나라 사람들은 계획 없이도 방만 비어 있다면 머물라 하고 나누어 줄 것이 있다면 못 줘서 안달할 정도로, 물질적으로는 빈곤해도 정신적으로는 부유하다. 현재 전 국민의 90%가 불교도인 미얀마는 고대로부터 '황금의 땅', '불탑의 나라'로 불리며 전 국토에 4백만 기의 불탑을 조성할 정도로 부유했다. 그러나 19세기에 들어와 영국의 식민지 시대를 거치면서 소수민족의 독립요구와 정치적 혼란이 경제를 점차 침체시켰고, 1962년부터 시작된 군부독재의 쇄국정책으로 지금은 세계적인 빈민국 가운데 하나로 전락하였다.

바깥으로 나오니까 마침 탁발 행렬이 길게 이어진다. 스님들은 발우를 안거나 메고, 맨발로 느릿느릿 걷는다. 피부는 누렇거나, 거무스름하거나, 더러는 희고, 나이도 얼굴 표정도 다양하다. 탁발 행렬의 끝을 따라 공양간으로 들어가본다. 옹기종기 모여 앉은 스님들 맨머리가 탱탱하게 여문 열매 같다. 그들의 외양은 세계의 일부겠지만 먹고, 입고, 자야 하는 인간의 본질적 삶에서는 세계의 전체라고 할 수 있을 것이다. 미얀마 사람들은 승려가 되는 것을 최고의 명예로 생각하기 때문에 어려서부터 사원에 들어와 수행하는 사미승(沙彌僧)이 많다. 모두 한쪽 어깨를 드러낸 자줏빛

© 리상훈

사원에서 쓸 물건을 메고 거리를 지나가는 사미승. 미얀마 사람들은 승려가 되는것을 최고의 명예로 생각하기 때문에 자녀를 일찍부터 사원으로 보내 교육시킨다.

가사(이 나라 승려들이 입는 옷)를 입었는데 살과 옷의 경계를 가르는 빗금이 노스님보다는 사미승들에게서 더욱 뚜렷이 나타난다. 그것들이 아직 서로 친숙하지 못한 날것이기 때문이리라.

마당에서는 여자들이 마늘 까고, 감자 깎고, 야채 다듬고 씻느라 분주하다. 우리나라 부엌의 한 풍경이다. 늙은 점박이 개는 할 일이 없어 뒷다리로 배를 벅벅 긁어대고 새끼들은 오늘이 즐거워 죽겠다는 듯 이리 뛰고 저리 뛰며 강중거린다. 뒷마당 그늘에 생기가 돈다. 물씬, 살아 있음의 냄새가 퍼진다.

마하시 선원을 나와 모곡 선원으로 간다. 이곳은 인간의 마음을 12가지로 분석하여 원인과 결과를 12연기법으로 정리한 모곡 사야도(모곡 스님)가 세운 선원이다. 모곡 사야도는 열반하였고 지금은 그의 제자 소바노 사야도가 운영하는데 이 선원은 자애로움의 대명사라고 한다. 정말 그랬다. 우리에게 하는 말이 다만, "행복하시고, 한국 가시기 전에 한 번 더 오십시오." 그뿐이었는데 진정한 마음이 찌르르 전해져 온다. 여기서도 역시 못 줘서 안달이다. 물을 병째로 하나씩 안기더니 콜라야, 과자야, 환타야…. 안 먹고 있는데도 또 내오고 또 내오고. 주는 것도 받는 것도 공덕이라니까 먹고 싶지 않아도 받을 수밖에.

먹을 것을 날라오는 소년들이 새 같다. 동남아 사람들 대부분이 그렇듯이 남자들도 여자처럼 대체로 몸집이 작고 호리호리하다. 게다가 맨발로 다녀서 발자국 소리도 없이 가볍게 훌쩍훌쩍 건너다닌다.

선원 옥상으로 올라갔더니 드넓은 야자수 숲이 좌악 펼쳐진다. 멀리 지평선까지. 아니, 내 시야 밖 어디까지일지 실은 모른다. 땅이 넓다는 것이 실감난다. 가까이 실개천도 흐르고 푸른 야자 숲에 황금빛 파고다가 번쩍인다. 수행이 끝나고 구경할 수많은 파고다의 예고편인 것처럼. 맛보기인 것처럼.

드디어 우리가 잠시 일상의 생활과 거리를 둘 쉐우민 선원으로 떠난다. 어제 마하시 선원에서 공항에 마중 나와 잔뜩 안겨준

바나나 다발을 버스 선반에 올려놓고서. 손만 뻗으면 따먹을 수 있는 바나나 송이가 사람들 머리에 얹은 왕관 같다. 이 바나나가 선원에서 지낼 때 얼마나 요긴한 간식이 되었는지. 길가에 붉은 꽃이 흐드러졌는데 붓다가 열반할 때 내렸다는 꽃비라고 한다. 의미를 부여하면 소중하지 않은 존재가 있을까. 아즈텍 민족의 시 가운데 꽃으로 마음을 전한 이런 시가 생각난다.

호랑나비 한 마리
꽃에 있으니
꽃이 활짝 피어난다
오, 친구여 이 꽃은 내 마음
아름다운 이 꽃을
그대에게 선사하리

오후 세 시가 좀 지나 양곤 외곽, 한적하고 나무 우거진 쉐우민 선원에 도착했다. 키 큰 나무들이 양쪽으로 죽 늘어선 뒤편에 여러 동의 건물들이 있다. 건물과 건물 사이 통로가 긴 나무다리 같다. 쉐우민 선원은 마하시 대선사의 제자인 쉐우민 사야도(쉐우민 스님)가 설립한 수행처다. 쉐우민 사야도는 수행에만 진력해서 제자가 별로 없으나 진정한 수행인으로 살았기 때문에 열반 후 지금까지도 많은 사람들의 존경을 받고 있다고 한다. 이곳에도 마하시 선원처럼 영어에 능통한 스님들이 상주하고 있어서 외국인들이 선호하는 곳 가운데 하나다.

지금은 1월, 미얀마의 기후가 좋은 시기이므로 세계 각국에서 온 수행자들이 많다. 사실 반드시 이런 곳에 와야만 수행을 할 수 있는 것은 아닐 것이다. 자신이 살고 있는 나라 안의 수행처는 물론 집이나 버스, 지하철, 산이나 공원, 화장실, 어디든 마음만 일으키면 수행처인데 굳이 여기까지 오는 이유는 무엇일까? 일단은 어떤 곳인가 하는 궁금함 때문일 테고, 이곳이 위빠사나 수행의 본거지이므로 제대로 공부한 스승들의 가르침을 받고 싶은 마음, 그리고 잡다하고 복잡한 환경을 떠나 오로지 수행에만 정진해야겠다는 갈망때문일 것이다. 그렇다 해도 근본자리는 분명 내 마음인데 바람 앞의 촛불처럼 이리저리 부대끼는 중심 없음이 가장 큰 이유일 것이다.

지붕이 있는 긴 복도와 일직선으로 뻗은 마당은 경행(천천히 걸으면서 몸의 움직임에 집중하여 마음의 느낌을 알아차리는 것)하기에 안성맞춤이다. 이 끝에서 저 끝에 이르는 동안 발을 떼어놓음, 바닥에 닿음, 무릎이 굽혀지고 펴짐, 엉덩이의 엇갈림 등의 움직임들을 챙기면 된다. 그런데 이 별것 아닌 것 같은 별것이 왜 이렇게 알쏭달쏭한지. 어렵고 고단한지.

방 배정을 받고 짐을 푼다. 당분간 간소함과 사이좋게 지내야 한다. 간소함은 차별이 없는데 내가 공연히 시시분별하여 스스로 힘들게 한다. 다행히 화장실이 딸린 방을 얻었다. 막대기를 얽어

지극히 단순화한 침대. 짚으면 삐거덕거리지만 맨땅이 아닌 것만도 고맙다. 컴컴한 욕실엔 커다란 물통과 낡은 세면대와 변기. 더운물은 물론 없다. 샤워는? 샴푸는 어쩐다? 방법이 없다. 찬물에 할 수밖에. 방에도 욕실에도 모기는 말할 것도 없고 거미나 뭔지 모를 벌레들은 기본이다. 심란한 마음을 추스르고 있는데 침구 배급을 받으러 오라 한다. 납작한 매트리스, 낡은 담요와 베개, 모기장을 소중하게 받아 안고 와서 깔고, 씌우고 치고 나니 갖출 것은 다 갖춘 셈. 끝까지 사수해야 할 것은 모기장이다. 덥고 습하고 나무가 많아서 모기는 물론 벌레도 많고 새도 많고 산소도 많다.

모든 수행처는 오후 불식이라 저녁밥이 없으니 허전하다. 배도 고프고. 차츰 익숙해지겠지. 쉬었다가 밤에 뜰로 나간다. 눈부시기도 해라! 스타들이 총출동. 카시오페이아, 세페우스, 큰 곰, 작은 곰, 그 사이로 용자리가 꿈틀거린다. 뿌옇게 좀생이별들도 오글오글 모여 있다. 문득 영월 천문대에서 망원경을 통해 보았던 토성이 떠오른다. 신비한 고리 안에 참 예쁘게도 담겨 있던 토성. 아득한 그것이 내 눈으로 쏙 들어왔을 때의 신선한 충격이 시간이 지나도 희미해지지 않는다. 지금 저 하늘 어디쯤 분명히 있을 텐데. 나는 토성을 마음으로 불러 맞이한다. 그때 만났던 그 모습 그대로.

북두칠성은 내가 가 본 지구 곳곳마다 그 존재를 가장 먼저 뚜렷이 알리는 전령사다. 파키스탄의 길기트에서 밤을 새면서 그것이 느리게, 아주 느리게 미끄러져 가는 것처럼 느껴졌던 기억이 난다. 그 곳은 1,600미터 고지였는데 여긴 평지인데도 그와 비슷한 크기와 밝기로 보인다. 경행을 하다 서둘러 들어온다. 9시 30분 소등. 깜깜절벽이다.

내가 나에게 끼어들지 말기

늦게 잠드는 내겐 참으로 고통인 새벽 깨기. 새벽 세 시에 일어나 법당으로 간다. 어쩐지 조용하다 했더니 시간표와 달리 예불은 네 시부터다. 텅 빈 법당에 들어서니 아, 거기 베일 같은 흰 원추형의 개인 모기장이 좌선하듯 고요하게 드리워져 있다. 잠시 후 하얀 옷을 입은 수행자들(여자 수행자들은 흰 상의에 밤색 긴 치마를 입게 되어 있다)이 그 안에 신부처럼 사뿐히 들어앉는다. 거기서 그들은 오롯이 혼자만의 둥지를 틀고 이제까지 지어온 그 어떤 둥지보다 견고한 필생의 피륙을 짜는 것이다. 출산을 그친 여자들이라면 이제 한 남자의 씨받기를 그치고 자신의 텃밭을 일구어 스스로 뿌리고 거두는 지혜의 씨앗을 잉태하리라.

여섯 시. 아침공양. 집에서 같으면 잠자고 있을 시간인데 밥을 먹기 위해 줄선다. 통로에 길게 늘어선 밥줄. 어디서나 이것이 급선무다. 죽 한 그릇, 옥수수 한 스푼, 에스프레소 잔만큼 작은 잔에 차 한 잔. 나와 마주 앉은 낯선 외국 여자는 이 소박한 식탁 앞에서도 위빠사나 하면서 먹는다. 위빠사나는 모든 느낌과 현상을 있는 그대로 알아차리는 것이므로 식사할 때도 그 과정을 천천히 곱씹으면서 느끼고 있는 것이다. 저렇게 공을 들여야….

모이라는 전갈이 왔다. 떼센인다 스님이 우리에게 법문을 한다고. 통통하고 사람 좋아 보이는 스님은 이런 비유를 한다. "어떤 여자가 한껏 치장을 하고 새 구두를 신고 파티장에 갔다. 그러나 그녀는 새 신이 불편해서 발에 신경 쓰느라 즐겁지가 않았다." 이렇게 다른 데 신경 쓰지 말고 수행에 전념하면 머무는 기간에 관계없이 법의 선물을 받아갈 것이라는 당부다. 뜨끔했다. 어제는 새 집에 적응하느라 힘들었다고, 오늘은 일찍 일어나느라 피곤하다고 수행을 게을리했다. 아는 이야기라도 경각심을 위해 새롭게 또 들어야 하는 것이다.

언제 들어왔는지 누런 고양이 한 마리가 의자 위에 올라앉아 땡그란 눈으로 우리를 주시한다. 그러더니 냉큼 책상으로 올라가 스님 턱 밑에서 내려다본다. 너도 한 말씀하려고? 어깨너머 공부, 한 소식 들었는가?

방을 옮겨 이번에는 선원장, 우 떼자니아 사야도(우: 존칭, 떼자니아: 이름, 사야도: 스님)와 인사를 나눈다. 그는 한국에도 다녀왔고 이곳에 한국인들도 많아서 친숙하게 대한다. 사띠(*sati* : 알아차림)에 관해 강조하면서 우선 어떤 마음가짐을 가질 것인가를 생각하고 수행을 시작하라고 한다. '집중' 만이 중요한 것이 아니라 자신의 말과 행동은 마음이 하는 것(마음의 작용)이라는 것을 알아야 되는데 이때 중요한 것은 '내' 가 끼어들지 않아야 한다는 것. '내가 본다, 내 몸을 내가 본다' 가 아니라 '그냥 본다' 라고. 화가 나거나 슬플 때도 '내가 화난다, 내가 슬프다' 가 아니라 화나고 슬픈 마음을 자연적인 성품이라고 받아들이는 것이 중요하다. 그렇게 되면 화, 분노, 슬픔, 우울, 고통들을 수용하게 되고 수용하면 흘려보낼 수가 있다. 그러기 위해서, 자신의 성품을 알기 위해서 수행하는 것이며 지속적인 수행은 마음의 힘을 길러 살아가는 데 힘들지 않도록 해준다. 여기서의 노력은 애쓰는 것이 아니고 '일어나는 대로 지켜만 보는 것' 이다. 이것이 끊어지지 않을 때 싫고 좋고의 분별이 사라지게 된다. 알면 생의 의미가 있으나 모르면 의미가 없다고 하면서 말을 맺는다.

정말 그렇게 되면 얼마나 편안할까. 내가 편해지면 내 주변도 편하고, 내가 밝아야 세상도 밝게 보일 것이고. 서두르지 말고 욕심내지 말고 차분하게 해보자고 마음먹는다.

해 질 무렵 뜰을 걸으면서 오늘 일과를 마치고 돌아가는 해를 배웅한다. 누구나 생각은 비슷해서 이 시간에 나와 걷는 사람들이 많다. 걸으면서 마음을 챙긴다(경행한다고 한다). 미얀마 사람들이 단연 많고, 한국, 베트남, 중국, 말레이시아, 태국, 인도, 그리고 서양사람들도 꽤 있다. 건물 대부분은 베트남 사람들의 보시로 지은 것이고 최근에 지은 한국관은 말레이시아에 사는 한국 여성의 보시로 마련되었다고 한다. 보시(布施)란 자기가 바라지 않는 것을 남에게 베풀지 않는 동시에 자기가 바라는 것을 남에게 베푸는 것이다. 보시와 유가의 서(恕)의 사상은 사실 같은 것으로 이른바 '자비를 근본으로 삼고 방편(方便)을 문(門)으로 삼는다'는 의미가 담겨 있다. 사람이 버리기 가장 어려운 것, 재물과 목숨을 모두 바치는 것이 바로 시(施)의 정신인데 우리는 보시의 참뜻을 잘 모르고 너무 쉽게 사용하는 경향이 있다.

별들이 하나 둘 출현하기 시작하자 나는 방으로 들어온다. 저 별들에게 홀리면 마냥 밖에 있게 되니까. 현관문 걸어 잠그는 것도 모르고.

화장실 문을 열자 창문 틈에 작은 개구리 한 마리가 붙어 있다가, 갑자기 불이 켜지고 사람이 들어와서 놀랐는지 안쪽과 바깥쪽에 절묘하게 몸을 반씩 두고 바짝 긴장하고 있다. 안팎의 경계에서 망설이는 중인가 보다. 나는 불을 끄고 조용히 나온다. 어떻게 하든 개구리야, 네 맘대로 하렴. 얼마 후 궁금해서 들어가 보니까 녀석은 안으로 들어왔다. 벽에 찰싹 붙어서 여전히 경계태세를 늦추지 않은 채. 그래, 들어왔다면 염려 마라. 너를 해칠 사람 없으니.

지는 해가 더 무겁다

아무래도 새벽수행은 접어야겠다. 새벽 세 시에 일어나려면 밤에 일찍 자야 하는데 나는 잠드는 시간이 그 시간이니. 새벽 수행하려다 하루를, 나날을 다 망칠 수 있다. 형식이 중요한 게 아니고 내게 맞는 효율적인 프로그램이 중요한 것이다. 이렇게 맘먹으니 한결 편하다. 그래서 그런지 비교적 잘 자고 부담 없이 일어나 아침공양을 마치고 에너지 충전됐을 때 경행을 한다.

어제저녁에는 왼쪽 어깨 위에 사그라지는 해를 얹고 걸었는데 오늘 아침에는 오른쪽 겨드랑이에 돋는 해를 끼고 걷는다. 지는 해가 더 무겁다. 이곳에서는 해가 떠오르기만 하면 순식간에 햇빛이 퍼진다. 그러면 금세 땡볕.

지치지 않을 만큼 걷고 좌선을 하기 위하여 법당으로 들어온다. 햇살이 비껴드는 창가 아스라한 모기장 안에 반가부좌 틀고 앉은 스님 맨머리가 반들반들 윤난다. 본디 우리의 머리. 저렇게만 하고 살아도 삶은 훨씬 간결하고 손실이 줄 것인데. 아늑한 나의 둥지(모기장을 나는 둥지라고 부른다)를 들치고 들어가 앉아 눈을 감으니 새소리가 요란하다. 눈이 닫히면 귀가 활짝 열려서 소리에 민감해진다. 쉼표도 마침표도 없이 주절대는 놈이 있는가 하면, 한참씩 뜸 들였다가 외마디 소리를 지르는 놈, 정확한 박자와 리듬으로 한 소절씩 노래 부르는 놈. 대체로 빠르고 높은 소리들이다. 이런 분별심으로 한참 듣다가 '이게 아니지, 몸과 마음을 보라 했

위빠사나 수행을 했던 쉐우민 사원 앞에서 바라본 일출. 멀리 지평선으로부터 떠오르는 해가 건너편 사원의 지붕에 걸릴 때쯤 세상이 깨어나기 시작한다.

ⓒ김상윤

는데…' 하고 몸으로 돌아오니 기다렸다는 듯이 동시다발적으로 목, 어깨, 허리가 쑤신다. 나도 저 새들처럼 경쾌했으면. 새소리에 정신 파느라 망상은 줄었다. 방법은 옳지 않았으나 망상만 줄어도 살 것 같다.

점심 메뉴는 훌륭했다. 감자에 닭고기, 피망 야채볶음, 숙주나물, 우거짓국 비슷한 국, 오이에 자몽까지, 거기에 따뜻한 우유 한 잔. 완벽하다. 오래간만에 우유를 마시니 입에 착착 붙는다. 이 나라 음식은 퓨전이다. 국토가 중국, 태국, 라오스, 인도, 방글라데시와 접하고 있어서 접경지역에 따라 그 나라 음식과 혼합된다고 한

법당에서 수행 할 때 사용하는 개인 모기장과 필자. 나는 이 모기장을 '둥지'라고 불렀다.

다. 그래도 대체로 중국이나 인도 음식과 가깝다. 나는 우거짓국을 좋아해서 가져왔는데 인도 음식에서 나는 그런 향 때문에 먹기가 힘들었다.

선원에서는 오후 불식의 원칙 때문에 점심공양인 10시 30분 이후로는 다음날 아침 6시까지 밥이 안 나온다. 차나 주스는 마실 수 있지만 그 외는 금한다. 나는 비축했다 배고플 때 꺼내 씹으려고 많이 먹는다. 이것도 탐심인데.

밖이 너무 뜨거울 때는 안에서 밖을 본다. 우리 방에서는 뒤뜰이 보이는데 나무가 많아 나비가 자주 온다. 쌍쌍이 혹은 홀로. 수행할 때 '안을 보고 밖을 보고 안팎을 보라' 했다. 나를 먼저 알아야 남을 알 수 있고 그리고 나서야 나와 남을 함께 알게 된다는 얘기다. 그런데 나는 아직 바깥 풍경만 보고 있다. 내 안은 계속 정전인지 도무지 깜깜하다.

오후에 출가자들이 계를 받는 의식을 참관했다. 우리 일행 가운데 남자 네 명이 단기출가를 한다. 먼저 머리를 깎는데 남자들 머리는 간단히 삭발이 된다. 머리카락을 걷어내니 얼굴들이 훤해 보인다. 저렇게만 해도 한 껍질 벗은 듯하다. 다음엔 붉은 가사를 입고 계를 지키겠다는 언약을 하고 법명을 받는다. 남방불교에서는 계를 중시하여 비구들이 지켜야 할 계가 227조항이나 되는데 그 가운데 큰 대목이라 할 수 있는 오계(五戒)는

1. 살아 있는 생명을 죽이지 않겠습니다.
2. 주지 않는 물건을 가지지 않는 계를 지키겠습니다.
3. 삿된 음행을 하지 않는 계를 지키겠습니다.
4. 거짓말을 하지 않는 계를 지키겠습니다.
5. 정신을 혼미하게 하는 약물이나 술을 마시지 않는 계를 지키겠습니다.

이 다섯 가지는 사실 여기 있는 동안은 어려울 것이 없다. 하지만 수도원 문밖을 나서고부터가 문제. 만발한 유혹의 꽃밭에서, 복잡다단한 현실적 생활에서 각자가 처한 상황에 따라 원하든 원하지 않든 자칫 어긋나기 십상이기 때문이다.

외양이 달라지니까 갑자기 그들이 낯설고 위상이 높아진 듯하다. 이 순간 저들의 마음도 무거울 것이다. 단기간이지만 진정한 수행자로서의 생활이 시작되니까. 내면과의 화해가 이루어지고 그것이 기쁨이 되기까지는 시간이 걸릴 것이다. 나도 순간적으

로 저리 해보고 싶다고 생각했지만 자신이 없다. 어쨌든 경하하며 잠시나마 스님이 된 그들에게 삼배를 올린다. 헛것들, 많이많이 버리소서.

내가 출가한 것도 아닌데 몇 시간 앉아 있었더니 피곤하다. 그래도 좌선을 조금이라도 해야지. 첫날부터 여기서 좌선할 때마다 존다. 집에서나 다른 수행처에서 할 때는 별로 졸지 않고 망상만 그득했는데. 졸고 나면 시간은 잘 가나 깨고 나서 허망하다. 이것도 바라는 마음일 것이다. 허망한 느낌이 들지 않기를, 잘했다는 기분이 들기를 원하는 마음일 것이다. 버려야지. 버리고 버려야지. 버리고 버려서 버렸다는 생각조차 들지 않을 때 비로소 진정한 본원, 하나(一)에 이른다고 도(道)에서도 말했다. 그러나 나는 제 구멍이 아닌 곳에 집어넣고 돌리는 나사처럼 자꾸 헛돈다.

구멍 뚫린 둥지에 들어가 있었더니 대뜸 모기가 쏜다. 징헌 놈!

밤에 경행하기란 내겐 너무 벅차다. 머리를 높게 쳐들지 않아도 보이는 무수한 별들의 미혹 때문에. 밤마다 별들이 총총이다. 애써 외면하고 바닥을 보고 걸어도 별의 잔상이 뜰에 주르륵 깔린다. 그 강력한 이끌림을 내 미약한 사띠(알아차림)의 힘이 기어이 버티지 못한다.

주면서 바라지 않기

오늘은 우리 팀 가운데 생일을 맞은 분이 아침에 대중공양(donation)을 올렸다. 한데 본인은 막상 죽 한 그릇이다. 나는 그것이 안 돼 보여서 무엇 좀 없을까 궁리하다가 야생화라도 한 묶음 해다 드려야겠다고 생각하고 문밖으로 나온다. 마침 야자수잎 사이로 해가 솟는다. 똑같은 해라도 보는 장소, 시각, 그때 마음의 상태에 따라 변화무쌍하다. 지금 내가 느끼는 해는 강렬하거나 경이롭지 않다. 둥글고 붉은 하나의 몸이 조용히 드러나고 있는 소박한 모습이다.

꽃만 딴다던 것이 오솔길에 홀려 따라가기 시작한다. 좁디좁은 오솔길 양편에 억새가 수북하다. 우리나라에서는 보지 못하던 보라색도 있다. 여러 빛깔의 은은한 얼굴에 통통하게 살이 올라 무척 아름답다. 거기서 아주 귀여운 아이를 만났다. 다섯 살쯤 되었을까? 흰 피부에 진 재킷을 입었다. 피부며 차림새가 유럽 아이를 보는 듯하다. "안녕?" 인사하니까 환하게 웃는다. "악수!" 손을 내밀었더니 얼른 손을 마주 잡는다. 얘기하고 싶었으나 말이 안 통해 우물거리다 그냥 헤어진다.

돌아가야 하는데…. 이 오솔길까지만. 오솔길이 끝나고 조금 넓은 길이 나오면서 나무판자를 이리저리 엮어 만든 집들이 드문드문 보인다. 느닷없이 시커먼 물소떼가 줄지어 오는데, 소 모는 사람은 안 보이고 저희끼리 씰룩씰룩 오는 통에 나는 겁먹고 다시 오솔길로 들어가 지나가기를 기다린다. 탁발행렬처럼 긴 대열 끝에 비로소 소 모는 여자가 나타난다. 생김새와 패션이 여기서는 희귀한 퓨전이다. 야구 모자에 가죽 부츠 그리고 검은 피부. 미얀마 사람 같지 않게 키가 크다. 맨 뒤에 오던 소가 옆으로 새다가 여자에게 한 대 맞을 뻔하고는 제자리로 돌아온다. 그 모습을 보면서 나는 피식 웃는다. 어딘가 나와 비슷하다고 생각하면서.

이젠 정말 돌아가야 한다. 두리번거리면서 억새를 꺾고 있는데 열 살쯤 된 여자아이가 광주리를 머리에 이고 뭐라고 외치며 온다. 나는 꽃을 꺾던 행위가 떳떳치 못해 머뭇거리다가 그 아이를 부른다. 저 광주리 안에 무엇이 있을까. 밥이다. 주먹밥 같은 것을 비닐봉지에 담았다. 맛이 어떨지 모르겠지만 옳다 잘됐다. 아쉬운 대로 이걸 사다가 생일선물로 드려야겠구나. 어차피 말로는 안 되겠고 나는 머리핀을 뽑아 땅바닥에 숫자를 쓴다. 그애도 재치 있게 50이라고 쓴다. 50차트. 우리 돈으로 50원. 하지만 여기서는 200차트쯤 되는 액수다. 밥을 사고 헤어졌는데 잠시 후 그 아이가 다시 이 길을 지나간다. 억새 몇 가닥 손에 쥐고.

부지런히 돌아오니까 마침 우리 팀이 모여 생일 축하파티(?)를 하고 있다. 첫날 양곤에서 들렀던 마하시 선원에서 아이스크림과 셰이크, 바나나를 잔뜩 보내왔다고. 거기에 내 작은 정성, 억새다발과 주먹밥을 곁들이니 꽃을 좋아한다고 무척 기뻐하신다. 좋은 아침이다.

낮에 법당에 앉아 있으려니 땀이 줄줄 흐른다. 오늘은 유난히 덥다. 하루중 한창 더운 2시~3시. 모기장을 걷으면 모기가 물고 내리면 찜통이고. 답은 없지만 언제나 선택은 하나다. 그 선택이 결국 아무도 알 수 없는 결과를 향해 우리를 촉발시키고 매진하도록 부추긴다. 지금은 그래도 미얀마에서 가장 좋은 계절이라 하지 않는가. 섭씨 40도 이상 올라간다는 우기에 수행하는 사람들 생각을 하면서 참아본다. 있을 만큼 있어 보자 했는데 한 시간 조금 지났다. 또 졸았다. 밤에는 아무리 불러도 오지 않는 잠이 얄밉게도 좌선할 때….

더운물이 없으니 이렇게 더울 때 샤워해야 한다. 햇볕이 뜨거워서인지 물이 썩 차갑지는 않다. 개운해진 것도 잠시, 또 더워지기 시작한다. 해지기까지 방바닥(우리 방은 타일이라서 차갑다)에 앉거나 법당입구 타일바닥을 걷는다. 나름대로 방법을 강구할 수밖에 없다.

저녁무렵 머리도 식힐 겸 동네로 나가 본다. 아이들은 낡은 자동차 타이어를 굴리기도 하고 배드민턴도 치고 싸움도 하면서 놀기 바쁘고 어른들은 채소밭에 물을 주거나 밥 짓느라 바쁘다. 연기냄새가 폴폴 정답다. 개들도 슬슬 대문(대문이라야 나무판자인데 밑에 공간이 있다) 아래로 기어 나온다. 반갑지 않게도 누렁이 한 마리가 따라온다. 처음 보는 얼굴이니 웬놈일까 하는 호기심이겠지만 난 개를 길러 본 적이 없어서 그런지 개가 무섭다. 따라오지 마

라. 착하지!

집들은 초라하나 마당에 크나큰 야자수가 풍요롭고 색색의 꽃들이 집을 아름답게 둘러싸고 있다. 한 남자가 자전거에 꽃을 몇 송이 꽂고 온다. 누구에게 줄 꽃일까. 자전거가 환하다. 남자의 얼굴이 환하다.

곧은길이 한참이다. 너무 멀리 가면 선원문이 닫힐지 모른다. 저기 저 높고 긴 벽돌담까지만. 그 담 안에 무슨 건물이라도 있나 했더니 공터다. 있긴 있다. 무성한 잡초, 갖가지 곤충과 벌레, 흙더미, 돌 부스러기, 찌그러진 깡통, 찢어진 비닐, 공간과 공간, 여백을 채우는 허공. 담이 끝나자 곧바로 큰길이다. 차도 다니고 상점도 있고 시끌벅적하다. 어차피 이 길은 걸을 길이 아니다. 돌아가야지.

노을도 끝났다. 아이들도 순식간에 사라졌다. 금세 어둑해진 길. 꼬마들은 밤에도 골목에서 곧잘 놀던데 다들 어디로 갔을까. 밖에서 훤히 들여다보이는 집안이 어둡다. 조명은 촛불이거나 형광등. 어떤 집 등잔불 아래서 한 남자가 책을 읽는다. 우리네 옛 선비가 저러했겠지. 사람도 궁금하고 책도 궁금하지만 지금은 지나칠 수밖에 없다. 갑자기 골목이 떠나가듯 시끄러운 소리가 들려온다. 음료수 파는 집안에 TV가 있어서 그걸 왕왕 켜놓고 어른 아이 다 모였다. 아이들은 긴 나무의자에 쪼르르 앉아 울긋불긋한 화면에 빨려들고 있다. 그러면 그렇지. 아이들이 벌써 놀기를 그쳤을리가 없지. 여기 다 있었군. 집중. 무서운 집중력으로 아이들은 한 장면 한 장면을 삼킨다.

해가 졌는데도 덥다. 며칠 사이 점점 더 더워진다. 몇 도쯤 될까?

선원 건물이 보이기 시작한다. 안에 있을 땐 몰랐는데 지나온 집들과 비교해보니 얼마나 밝고 대궐 같은지. 그런데도 더운물이 없다, 샤워기가 없다, 침대가 삐걱거린다, 정전이 너무 길다. 이런 저런 불편을 느낀다. 여기 적응하다 집에 가면 다시 안락하게 살겠지. 길들여진다는 것. 참 무섭다.

이곳에 온 사람들도 가지각색이다. 오로지 수행을 위해, 구경삼아, 또는 딱히 갈 데가 없어서, 혹은 피신처로. 여기서 일 년 있었다, 여러 번 왔었다 하는 사람들도 건성건성인 사람이 있고 처음 와서 단기간 있어도 제대로 하는 사람도 있다. 어떤 일이든 마찬가지로 얼마나 진정성을 가지고 열심히 하느냐에 따라 성취가 다를 텐데 더욱이 이런 마음공부에서는 그 의도와 과정과 행함이 오로지 맑아야 한다. 사심과 공명심, 자신에게 함몰되어 우쭐하는 태도는 수행의 길목에 놓인 함정들이다. 주변에서 이런저런 수행을 했다는 사람 가운데 많은 이들이 삶과 연계되지 못함을 본다. 심지어 가르치는 사람 중에도 수행은 안 된 채, 말만 앞세워 그럴듯한 구도자 행세를 하면서 자기이익을 도모하는 사람도 보았다. 반면 아무 공부 없이도 선업을 행하고 대가를 바라지 않으며 맑고 향기롭게 사는 사람들도 있다. 주면서 바라지 않는 마음. 이것이

참된 공덕이다.

망상의 바다여!

아침 좌선엔 졸음 대신 망상의 연속이었다. 한 번 끝내고 경행 뒤 다시 앉아보았으나 마찬가지. 망상하는 마음을 보면 사라지고, 사라지고 나면 또 망상망상… 망상의 바다여!

다리 접고 등 세우고 숨 고르노라면
망상!
뭉게뭉게 피어오른다
호시탐탐 엿보던 도둑처럼
망상!
본색을 드러낸다
진언의 방망이로 '옴옴' 두드리면
잠시 수그리다 곧추세우는 시퍼런 대가리
내 안 어디에
이렇게 넓고 깊은 망상의 곳간 있었나
누르고 움켜쥐고 달래다 기진해진 나는 그래,
실컷 들끓어 보자꾸나
망상의 바다에 풍덩! 몸을 던진다

바다에 안개 자욱하다
그래도 미련 한 가닥
어느 선량한 거북 한 마리
나를 구원하러 오지 않을까
널빤지 물고 수면 위로 떠오르지 않을까
목을 늘여 두리번거린다

–망상의 바다여!

저녁에 우 떼자니아 사야도(떼자니야 스님)와 인터뷰를 가졌다. 인터뷰는 이 공부에 꼭 필요한 과정으로써 수행자[여기서는 요기(*yogi*)라고 한다]가 좌선하고 경행하고 일상생활을 하면서 얼마나 마음을 챙겼는지, 챙겼을 때의 느낌과 결과를 스승에게 전달하면 스승이 듣고 바로잡아 주는 시간으로, 이를테면 학생의 경과보고와 선생의 지도방침이라고 할 수 있겠다. 이 시간은 좀 긴장되는 시간이다. 잘못을 지적받는 것이 공부를 위하여 당연한 것인데도 여러 사람이 함께하는 것이라서 좀 무안한 생각이 드는 것이다. 그래서 개중에는 수행을 잘하노라고 자기칭찬을 늘어놓거나(실제로 잘 한다고 생각하는지도 모르지만) 어디서 듣고 본 것을 각본대로 말하는 사람도 있다. 어쨌거나 인터뷰할 때는 내용을 미리 요약해서 간단명료하게 이야기하는 것이 예의다. 말하기도 하나의 훈련이므로 남 앞에서 자꾸 해봐야 한다. 그러나 우리는 별로 그런 교육이 없었고 지금도 직업상 필요치 않은 경우에는 그저 일상적인 대화나 하면서 살고 있어서 이런 상황에 익숙지 못하다. 그래서 인터뷰는 생각보다 길어졌고 지루했다. 그래도 스님은 시종 여유 있게 유머를 섞어가며 성의껏 대답해준다. 인터뷰 내용은 대충 이랬다.

질 문···느낌을 보는 이유가 무엇입니까?

대 답···마음을 보기 위해서입니다. 마음을 보면 몸과 마음의 특성을 더 깊게 알게 되고 진리를 알게 됩니다. 무엇을 아느냐가 중요한 것이 아니라 사띠(*sati*: 알아차림)를 두고 있느냐가 중요한 것이지요. 마음을 자꾸 알아차리면 편해지지만 내버려두고 편해질 수는 없기 때문입니다.

질 문···느낌이 없는데 어떻게 해야 하나요?

대 답···자신에게 순간순간 물으십시오. 내가 지금 무엇을 하고 있는가. 생각도 순간순간 알아차려야 합니다. 무슨 생각을 하고 있는가. 일상에서의 모든 행동도 알아차림이 되어야 합니다. 습관이 될 때까지 사띠를 하고 또 하도록 하십시오. 대상마다, 몸의 부분부분마다 마음을 두면 다 느껴지고 알아집니다.

질 문···좌선할 때 허리가 자꾸 굽혀지는 것은 어떻습니까?

대 답···자세가 중요한 것이 아닙니다, 중요한 것은 마음이 편해야 하는 것이지요.

질 문···좋아하는 음식이 있을 때 탐심이 일어나는데 어떻게 해야 하나요?

대 답···탐심하는 마음을 먼저 보고 조금 기다렸다가 드십시오.

질 문···보시할 때 어떤 마음을 가져야 합니까?

대 답···기쁜 마음이 아니면 공덕이 되지 못합니다. 바라는 마음이나, 당연히 해야 한다는 마음 없이 하도록 노력하십시오. 남에게 준다는 것은 탐심을 버리는 것이니까요.

질 문···스님! 이런 질문을 해도 될지…. 왜 이 나라는 남자와 여자를 차별하는지요?

대 답···(스님은 남녀를 왜 구분하는가로 잘못 알아듣고) 그것은 불과 물이 다르듯이 남자와 여자가 다르기 때문이지요. ('차별'이란 내용을 알고 나서 다시) 그것은 남자와 여자의 업이 다르기 때문이고요.

질 문···좌선할 때 눈앞에 작은 돌멩이들이 자꾸 나타나는데 왜 그런지 궁금합니다.

대 답···마음이 고요해지면 여러 가지 상(像)이 나타나는데 과정중에 나타나는 현상으로 보고 지나치도록 하십시오. 그것에 집착하기 때문에 없어지지 않는 것이거든요.

위빠사나 수행에서는 사띠를 중요시한다. 우리가 살면서 고통받는 이유도 사띠와 어리석음을 구별하지 못하기 때문이라고 말한다. 그러므로 항상 마음을 챙기면 불필요한 언행을 하지 않게 되고 바른 생각, 바른 행동을 하는 지혜가 생기게 된다는 것이다.

그럴 것이다. 화가 나거나 어떤 대상이 미워질 때 그것을 알면 자제하게 되고, 물건이나 사람에게 탐심이 일어 날 때 그것을 알아차리면 욕심을 줄이게 될 것 아닌가. 결국 아는 마음을 정착시키자는 것.

원 모어(one more)?

아침 좌선을 하려고 앉자마자 기다렸다는 듯이 냉큼 망상이 들어온다.

그래, 또 너냐? 알고 나니 또 다른 망상이 잽싸게 끼어든다. 공양시간에 줄서서 기다리듯 망상이 줄줄이다. 나는 이골이 난 것처럼 알고 보내고 알고 보내고. 이것이 무슨 매너리즘에 빠진 건 아닐까. 그러다 통증이 오기 시작하자 통증을 지켜본다. 목이 뻣뻣하면서 오른쪽 어깨가 쑤시기 시작하더니 전염병처럼 빠르게 몸 전체로 퍼진다. 인터뷰 시간에 통증을 보지 말라 했는데.

"좌선을 할 때 다리가 아프거나 어딘가 고통이 느껴지면 아픔으로 인해서 마음이 반응하는 것을 알아야 합니다. 싫어하는 마음이 일어나면 그 마음을 먼저 봐야 합니다. 아픔을 보는 것은 중요하지 않습니다. 사실 아프면 마음이 긴장하게 되는데 고통을 참아야 한다는 생각과 없애고 싶은 생각 때문에 더욱 긴장하게 됩니다. 우선 긴장을 다 푸십시오. '없어지려면 없어지고 아니면 말아

라. 어찌되든 상관없다.' 이런 마음 자세로 그냥 단지 가슴의 느낌을 보되 긴장한 느낌, 답답한 느낌만 보도록 하십시오. 그래도 도저히 아픔이 심해서 견딜 수 없을 때는 자세를 바꾸어도 됩니다. 억지로 참으려고만 하면 더 힘들어져서 느낌의 성질을 알 수가 없습니다."

나는 자세를 바꾸어본다. 바꾸면 더 오래 앉아 있을 수는 있다. 그러나 오래 앉아만 있다고 수행을 잘하는 것은 아닐 것이다. 잘 하려고 하면 더 힘들다고 했다. 잘 하려는 마음도 탐심이라고 했다. 그저 지켜보기만 하라고 귀가 닳도록 들었지만 나는 아직 덤덤하다. 무지의 덤덤함.

경행을 하는데 유난히 다리가 무겁다. 천천히 걸으면 힘들지 않을 것 같으나 허리도 아프고 다리도 아프다. 그제부터 감기 기운이 있더니 오늘 기침이 나고 목이 간질간질하다. 무거움을 느끼고 다시 걷고 알고 걷고. 팔로 마음을 옮겨보니까 팔도 둔하다. 발이 가니까 할 수 없이 따라간다는 기분. 두꺼비 한 마리가 뜰 가운데 우두커니 앉아 있다. 녀석도 좌선을 하는지 꼼짝 않는다. 나는 저 두꺼비보다 잘 앉아 있지 못하는 것 아닌가.

오후 세 시 다시 좌선. 이 시간이 제일 힘들다. 덥고 나른하고 졸리고. 그래도 해야지. 지금 이곳이 어디며 무엇을 하는 곳인가를 항상 잊지 말자. 법당은 그래도 넓고 창문이 많아서 다른 곳보다 낫다. 역시 별 느낌이 없다. 다만 가슴이 답답하거나 체한 것 같이 더부룩하던 느낌은 줄었다. 하기 싫다는 생각 때문에 힘들어서 그랬을 것이다. 사실 때때로 '내가 이러고 앉아서 뭐 하는 것인가? 도대체 공부가 되기나 하는 것인가? 몸은 쑤시는데 매일 망상이나 보고 있으니' 하는 회의가 오면서 벌떡 일어나고 싶을 때가 많다. 그래도 그런 적은 없고 꾸역꾸역 앉아는 있다. 바라는 마음, 없애려는 마음을 들여다보면서.

세 시 좌선이 끝나면 음료수가 나온다. 어제 오늘은 생강차다. 칠판을 보니까 한국인 김연호 씨가 보시한 것이라고 쓰여 있다. 음료수 따라주는 아저씨가 자꾸 권하는 바람에(받는 것도 공덕이라니까) 어제 두 잔을 마셨더니 너무 달아서 속이 메슥메슥했다. 오늘은 안 마시려고 슬슬 피하는데 어느 틈에 보고 웃음을 가득 띠면서 잔을 내민다. 거절할 수가 없어 받아 마시기 무섭게 "원 모어(one more)" 하면서 또 권하는 것을 겨우 사양한다. 연신 웃어가며 따르고 권하고 컵을 씻는 일이 즐거워 어쩔 줄 모르겠다는 표정이다. 수행자의 얼굴도 저렇게 기쁨에 차야 하리라. 우리는 너무 굳어 있다.

저녁에 문 밖에서 경행하고 있으려니까 웬 청년이 다가와 공손하게 합장하며 말하는데 무슨 내용인지 도저히 알 수가 없다. 이 나라 말 같긴 한데. 나는 그냥 천천히 걷고 그는 여전히 뭐라 하면서 나를 따라온다. 나는 좀 성가신 생각이 들어서 선원으로 들어오니까 문을 잠근다. 아, 문 잠그려니까 빨리 들어오라는 뜻이었구나. 그걸 그렇게 공손하게. 우리 같으면 문간에서 빨리 오라고 손짓할 텐데. 미안했다. 나도 합장하고 공손히 절한다. 저녁 경행이 끝나고 몇몇이 별을 보다가 이야기를 나눈다. 다들 점점 얼굴이 해쓱해간다. 10일째.

망상을 억제하지 말고 보기만 하라

요즘은 아침 공양을 거른다. 점심이 10시 30분이니까 별 지장이 없다. 아무래도 식사가 줄어서 살은 빠지는데도 몸이 찌뿌듯하고 감기까지 겹쳐 짜증이 난다. 짜증나는 마음을 보니 싫어하는 마음이다.

아침 여덟 시. 두 번째 인터뷰 시간이다. 나도 망상에 대한 질문을 할 참이지만 역시 다른 사람들도 망상이 제일 문제였다.

질 문··· 망상이 일어나면 그것을 알고, 알고 나면 또 다른 망상이 생기고…. 이것이 반복되는데 어떻게 해야 할까요?

대 답··· 망상을 없애야 한다는 생각을 버리십시오. 억제하지 말고 보기만 하라는 말입니다. 문제시하지도 마십시오. 사마디(집중)가 생기면 망상은 서서히 줄어들게 마련입니다.

질 문··· 망상과 상상은 어떻게 다른 것입니까?

대 답··· 망상은 저절로 일어나는 것이고 상상은 하려는 의지에 의하여 일어나는 것이지요.

질 문···(단기출가자의 질문) 아상(我相)을 녹이려고 왔는데 단기출가로 스님이 되고 나니 재가자(출가하지 않은 사람)들이 자신에게 절을 하는 것을 보면서 아상이 더 커지는 것을 알게 됐습니다.

대 답···생각이 잘못되면 아상이 생기게 되지요. 나한테 절한다고 생각하지 마십시오. 재가자들은 '스님은 지혜가 있는 존재'라고 여기기 때문에 절하는 것입니다. 수행은 나쁜 마음이 있을 때, 좋은 마음으로 바꾸기 위해서 하는 것입니다. 알아차림, 노력, 지혜로 마음을 바꿀 수 있다는 것을 잊지 마십시오.

질 문···경행할 때 걷는 속도와 알아차림과 관계가 있는지 알고 싶습니다.

대 답···속도가 빨라지면 마음이 급해지게 마련이지요. 마음이 급하면 몸이 안정되지 않고. 그러니 천천히 걸으십시오. 그렇다고 너무 느리게 걷는 것도 좋지 않습니다.

질 문···고통에 대하여 말씀해 주시기 바랍니다.

대 답···'마음은 마음이고 몸은 몸이지 내 것이 아니다'라는 것을 항상 잊지 마십시오. 사람들이 무엇이든 다 중요하다고 생각하는 것이 문젭니다. 참으로 중요하고 아닌 것을 구별할 수 있는 지혜가 생기면 고통이 사라집니다.

질 문···도마뱀을 보면서 '도마뱀이 있네' 하다가 '도마뱀이 귀엽

네' 라고 아는 것도 사띠라고 할 수 있나요?

대 답···아니죠. 귀엽다는 것은 생각이지요. (스님은 이 대목에서 우리에게 '보는 것과 보이는 것은 다른가, 아닌가. 듣지 않았는데도 들리는가, 들리지 않는데도 듣는가' 에 대하여 숙제를 낸다. 알쏭달쏭하다.)

질 문···좌선할 때 몸은 가벼운데 머리가 아픈 건 왜 그렇습니까?

대 답···너무 집중해서 그런 거지요. 긴장하지 말고 지켜만 보도록 하십시오. 머리가 아프면 집중을 풀기 위해 가끔씩 눈을 떠도 좋습니다. 호흡을 보지 말고 얼굴을 살펴보세요. 얼굴이 굳어 있지 않은지. 아직 편하게 할 줄 몰라서 그렇습니다.

질 문···스님, 저는 말이 빠른 것을 고치고 싶습니다.

대 답···말이 빠른 것은 말을 많이 하고 싶은 욕망 때문입니다. 자기소리를 들어가면서 말해 보십시오.

우리 일행 중에 일곱 살과 여덟 살짜리 형제가 있는데 스님은 이 아이들에게 '나마(몸)', '루빠(마음)' 라는 이름을 지어주었다. 누가 그렇게 지은 뜻을 물었다.

"그것은 보아야 할 대상을 의미합니다. 아이들은 잠시도 가만 있지 못하는데 그것이 바로 우리의 몸과 마음이란 말입니다. 사띠란 몸과 마음의 움직임을 알아차리는 일 아닙니까?" 그러면서 둑카(고통)에 대한 비유를 한다. 고통은 마치 아이들을 옥상에 남겨두고 왔을 때의 어머니 심정과 같다고. 아이들이 떨어질까 봐 노심초사하는.

이곳에 왔을 때 초승달이었는데 지금은 보름달이 되어간다. 아직 찌그러진 모양이긴 하지만. 달이 밝아져서 그런지 별이 흐려 보인다. 별 때문에 밤에 자꾸 나오니까 여기 오래 묵고 있는 우리나라 사람이 밤공기가 몸에 해롭다고 들어가라 한다. 일교차가 심하고 안개가 많아서 감기 걸리기 쉬우니 목을 꼭 싸매고 다니라고. 미처 생각지 못했는데 이래서 감기가 왔나보다. 게다가 어쩔 수 없이 찬물에 샤워하고 머리 감고 했더니만.

장애가 수행의 대상이다

염불소리? 스피커에 대고 밤새 틀어대는 저 소리. 어제 저녁부터 시작된 소리가, 세상에! 오늘 아침이 되어도 계속된다. 지난밤 9시 30분에 소등된 후로 이제나저제나 소리가 그치기를 기다리다가 자정이 넘어도 그치지 않자 신경이 곤두서기 시작해서 안 되겠다 싶어 마음을 챙기려고 일어나 앉았다. 두 시간 정도는 버틸 수 있었는데 새벽 세 시가 넘을 무렵부터는 화가 나기 시작하고 급기야는 미운 마음으로까지 증폭되었다. 이러면 안 되는데 하면서 다시 마음을 챙기려고 해도 도저히 할 수가 없었다. 하얗게 날을 새우고 아침이 엉망이다.

기분을 바꾸려고 아침마다 해 뜨는 것을 보는 장소로 간다. 선원 바로 밖이다. 오늘은 안개가 장관이다. 벌판 너머 지평선에 안개의 띠가 은하수 같다. 그곳에 다다르면 마치 무슨 다른 세계가 펼쳐질 것 같아 발길이 저절로 그쪽으로 간다.

소떼가 출렁출렁 안개를 흔들며 지나가고 똥냄새가 무럭무럭 핀다. 안개비에 젖어 질퍽질퍽한 밭을 건너 안개의 사원에 도착했다. 울타리 허물어진 사이로 슬그머니 들어가 보니까 정령신(미얀마의 토착신)을 섬기는 사원이다. 사람은 하나도 보이지 않고 화려하게 화장하고 울긋불긋 꾸민 여신상이 안개에 싸여 있다. 좀더 살펴보려다가 으스스한 기분이 들어 바로 나온다.

내친 김에 골목을 돌아본다. 나는 항상 이것이 탈이다. 길이 무슨 자석처럼 나를 끌어 당겨서 반사적으로 거기 딸려 가는 것이다. 수북한 나무 사이로 집들이 드문드문 숨은 듯 있다. 마당에서 양치질하는 사람, 밭에 물주는 사람, 아기 달래는 여자, 여자의 치마를 붙들고 칭얼거리는 아이. 그들은 낯선 사람을 보면 가만히 쳐다보다가 이쪽에서 웃거나 말 걸면 기다렸다는 듯이 활짝 웃는다. 수줍은 것이다.

어떤 집 비닐창문 안에 만화책을 쌓아놓은 것이 눈에 띄어서 기웃거리자 안에서 할머니가 들어오라 한다. 내가 집안을 둘러보는 사이 곧 동네 꼬마들이 모이고(꼬마들은 어디서나 전령사다) 저희끼리 뭐라 하더니 한 남자가 들어온다. 와이키키 해변에서 방금 도착한 것처럼 구릿빛 피부에 야자수가 그려진 푸른 셔츠를 입었다. 목덜미에서 물이 뚝뚝 떨어질 것 같다. 메달 달린 목걸이도 움직일 때마다 파도처럼 출렁거린다. 이 부근에서는 꽤 멋쟁이인 모양이다. 영어를 몇마디 하는데 이것 때문에 통역자로 인정받고 불려왔나 보다. 지극히 상투적인 말을 몇마디 주고받다가 내가 일어서니까 거기 있던 예쁘장한 처녀가 손가락으로 가리키며 자기집으로 가자 한다. 나는 오래 지체할 수가 없어서 시계를 가리키며 가야 한다고 했더니 통역자가 "그럼 내일?" 하고 말한다. 나는 건성으로 그런다고 하고 나왔는데 오면서 후회했다. 저 순박한 사람들이 내일 온종일 기다리는 거나 아닐지.

ⓒ김상훈

화장한 아이. 다나까를 바르고 화장을 하고 꽃을 꽂고, 사진을 찍으면 돈을 요구하기도 한다.

소떼가 막 지나간 자리를 조심조심 걷는다. 사방에 소똥이 널렸다. 바짓가랑이와 신발은 이슬과 안개와 진흙에 범벅되어 무겁고 질척하다. 큰길과 만나는 지점에서 오른쪽으로 꺾어 선원 가는 길로 접어든다. 며칠 전 왔던 길이다. 동네사람들이 모여 TV를 보던, 여기로 치면 카페정도 되는 그 집(이 동네에서 제일 크고 깨끗하다)에서 호떡을 굽는다. 우리나라 호떡과 똑같다. 앉아서 하나 먹고 얼마내야 할지 몰라서 천 챠트를 내고 나머지는 싸달라고 하니까 5개 싸준다. 공양시간에 우리팀 한 개씩 돌리면 되겠다.

길이 길다. 햇빛은 이제 펴질 대로 펴졌다. 피해 걸을 그늘도 없고, 모자도 아까 만화가게에서 아기 엄마에게 주었으니 빨리 걸을 수밖에 없다. 따가워라. 눈부셔라.

방으로 들어와 쓰러질 듯 눕는다. 밤새 한숨 못 자서 쉬려 했던 것이 물귀신 같은 안개 때문에. 감기가 도진다. 기침이 발작적으로 일어나면 콧물, 눈물, 구역질까지 다 하고야 멈춘다. 며칠째 샤워도 못하고 머리도 못 감고. 지금 간절한 바람은 욕조에 뜨거운 물 가득 받아 지친 몸과 마음을 우려내는 것이다. 어려운 상황일수록 사람의 욕망은 단순해진다. 어려운 상황이 아닐 때도 그럴 수 있도록 마음을 붙들자.

낮에 겨우 세 시간 좌선하고 밤에 나가지 않는다. 오늘도 별은 여전히 찬란하겠지. 별을 보는 이들의 눈길을 붙들어 매겠지. 나는 열심히 목을 싸매고 꿀물을 마시고 커피포트에 물 끓여서 목욕 대신 족욕을 하면서 내가 할 수 있는 방법을 다 동원하여 치유에 힘쓴다.

염불소리가 계속되는 품새가 며칠은 이어질 모양이다. 우리식으로 말하자면 철야정진, 집중수행 뭐 그런 기간인지. 할 수 없이 수면제를 먹는다. 일단 자고 나야 이거고 저거고 할 수 있지 않겠나.

계발된 마음은 멀리 가지 않는다

아침공양을 하고 들어온 룸메이트가 안개 자욱하다고 한다. 그 소리에 또 솔깃해서 꽉꽉 싸매고 나가 본다. 긴 나무통로가 흠뻑 젖었다. 안개비가 새록새록 밤새 내렸나 보다. 풀밭에 가득 펼쳐놓은 수백 개의 하얀 거미줄이 유목민의 텐트 같다. 들치고 들어가면 따뜻한 마유 한 잔 공양받을 것 같다.

또 저것에 정신 팔리려는 것을 오늘은 마음을 단단히 먹고 얼른 들어와 법당에 가니까 미얀마 사람들 대상으로 법문중이다. 알아들을 수가 없으니 들어가야 소용없고 작은 법당으로 간다. 여기 마련된 세 개의 자리에 꼬마 둘과 엄마가 앉아 있다. 신통하지. 잠시라도 저렇게 앉아 있을 수 있으니. 사실 아이들이 수행을 더 잘한다고 한다. 껍질이 두껍지 않아 잘 받아들일 테고, 단순하니 비틀지 않아 곧게 나갈 것이다. 나는 앉을 자리가 없어서 둘둘 말아

놓은 카펫 위에 앉는다. 바닥보다 훨씬 편해서 그런지 몸의 별 통증 없이 한 시간을 보냈다. 집중하는 동안 어떤 스님의 상이 떠올랐다. 그의 주변에는 몸의 선을 따라 우윳빛의 불빛이 그어져 있다. 잠시 그것을 보고 지나쳤다. 그러나 궁금하다. 누굴까? 융의 이론대로라면 그는 내 무의식 가운데 '자기'가 아닐까. '경험 가능한 것과 경험 불가능한 것, 내지는 아직 경험되지 않은 것을 포괄하는' 개념으로서의 자기가 상징적으로 나타난 것이 아닐까. 사람의 마음에는 신성, 영성, 불성(다른 어떤 이름으로 부를 수도 있겠지만)이 있다고 했다. 이것을 믿는 것부터가 중요하다고 했다. 그래, 믿자. 믿으면 확실히 의식이 고양됨을 느낀다.

좌선을 끝내고 일어서면서 여기서 하면 좋겠다는 생각을 했지만 여긴 사람이 들락거리고 모기장도 없다. 매사가 이런 식이다. 하나가 좋으면 둘은 안 좋고. 결국 살아가는 순간순간이 선택과 배제 아닌가. 이 수행 역시 선택과 배제의 기본틀에서 벗어나지 않을 것이다. 산란한 마음, 악한 마음을 수습하며 고요하고 선한 마음으로 기울이기. 집착과 갈애를 멀리하고 지혜 쪽으로 다가가기.

결국은 내가 나를 길들일 수밖에 없다. '자신의 스승은 바로 자신이다. 자기의 콧구멍으로 숨을 쉬어야지, 남의 콧구멍으로 숨쉴 수는 없지 않은가.' 계발된 마음은 멀리 가지 않고 주인을 따르는 개처럼 항상 돌아온다 했으니 이만큼이라도 온 것을 망가뜨리지 말자. 이븐 바투타도 그의 여행기 가운데 "노력은 먼 것을 가까이 하고 닫힌 문을 열어제친다"고 하지 않았나. 문을 늘 열어두자. 선한 마음의 문. 바른 생각과 행동의 문. 지혜의 문.

점심공양 후 방에 틀어박혀 일기를 쓴다. 염불소리는 스피커를 통해 계속 들린다. 그래, 낮에 실컷 떠들고 밤엔 잠 좀 자게 해다오. 제발!

며칠 전부터 화장실에 들락거리던 어린 개구리, 벽에 찰싹 붙어서 꼼짝 않는다. 컴컴하고 냄새나는 여기서 뭘 하고 있는지. 나가서 환하고 싱그런 풀밭에서 뛰어 놀거라.

세 시 좌선이 끝나고 해가 기울기 시작하는 다섯 시경 맨발로 경행을 한다. 여기서는 신발이 별로 필요치 않다. 미얀마 사람들은 밖에서도 주로 맨발로 소리 없이 다닌다. 천천히 움직이는 그림자 같다. 나는 이 시각의 경행을 즐긴다. 발바닥에 느껴지는 감촉이 다양하기 때문이다. 바닥이 시멘트 콘크리트인데 매끄럽지가 못해서 돌출된 부분도 있고 홈이 파인 곳도 있으며 턱이 진 곳도 있다. 그 울퉁불퉁, 구불텅, 껄끄러움 등의 느낌도 변화가 있지만 해질 무렵의 바닥은 온도 차이가 심해서 그것의 느낌이 더 흥미롭다. 먼저 그늘진 곳은 벌써 서늘하고 그 다음은 미지근, 가장 나중까지 햇볕이 머물었던 부분은 아직 따뜻하다.

그러나 여기보다 더 따끈따끈한 곳이 있다. 며칠 전에 발견했는데 선원 밖, 쉐우민 사야도(쉐우민 스님)기념비가 있는 건물 주변이다. 건물 동쪽바닥은 차고, 서쪽은 미지근한데 뒤쪽의 검은 대리석 바닥은 마치 우리 온돌방에 불땠을 때처럼 후끈하다. 나는 이 남쪽바닥에 앉아 마음을 모아본다. 땀이 나지만 그냥 앉아서 엉덩이에 느껴지는 열기에 대해서 집중해 본다.

돌의 체온이 차기만 한 것이 아니다. 변온동물처럼 환경에 따라 시간대에 따라 이렇게 다르다. 그러나 다른 무엇보다 가장 변온적인 것은 우리 마음일 게다.

개미떼가 분주하게 움직인다. 걔들은 가만있는 걸 보지 못했다. 저 작은 몸 속 어디에 그 많은 에너지가 충전되어 있는지.

아침에 보았던 수많은 거미줄—유목민의 텐트—이 사라졌다. 그들은 집을 떠메고 또 어디로 갔을까. 시간이 꽤 흘렀을 듯싶은데 바닥이 좀처럼 식지 않는다. 한번 달구어지면 쉬 식지 않고 식으면 쉬 달구어지지 않는 돌의 근본. 그 '냉정과 열정' 사이에 무엇이 숨쉬고 있나. 바닥에 시큰거리는 허리를 펼쳐 놓고 싶다. 욱신거리는 어깨뼈를 나란히 내려놓고 싶다. 못할 것도 없지. 한 사람이 왔다갔다 하고 있지만. 천천히 눕는다. 허리보다 등이 더 좋아라 한다. 어느 따뜻한 손길이 내 고단한 몸과 마음을 어루만져 주는 것 같다. 얼마가 지났는지 달이 떴다. 더할 것도 뺄 것도 없는 온전한 보름달. 수행이 저렇게 여여하고 실했으면.

밥 주지 마라, 화에게

해 뜨는 것 보는 것이 하루 첫 일과다. 오늘도 안개가 짙다. 안개에 싸여 이미 해는 솟았다. 해는 마치 달처럼 희다. 눈부시지 않아 마음놓고 보았다. 이 축축한 안개가 사람에게 해롭다지. 그래서 여기 사람들은 아침저녁엔 머리, 얼굴 다 싸매고 다닌다. 따라해 봤더니 답답하다.

여덟 시. 인터뷰 시간이다. 앞줄에 앉은 사람이 밤새 들리던 염불소리에 대하여 묻는다. 괴로운 사정은 다 마찬가지겠지만 정도 차이는 있겠지. 그런데 그것은 염불이 아니라 마을에 기쁜 일이 있거나 슬픈 일이 있을 때 사람들에게 알리는 것이기도 하고 때로는 법문이기도 하다는 것이다. 이것은 미얀마의 풍속으로써 거의 일주일가량 한다니 그렇다면 아직도 며칠이 더 남았다는 얘기다. 내가 화나고 미운 마음까지 일어났다고 말하자 스님은 그 소리를 수행의 대상으로 삼으라 한다. 나도 그 생각은 하지만 되지가 않는 것이 문제다. 화에 대하여 스님이 보충설명을 해준다. “화가 나면 화의 원인을 생각하고 화남도 하나의 법의 이치로 여기십시오. 마음의 병은 탐진치(貪瞋痴: 탐하고 화내고 어리석음)로부터 옵니다. 화가 커지는 것은 자꾸 내가 밥 먹이며 키우기 때문입니다. 기르지 않으면, 먹을 것을 주지 않으면 화는 물러갑니다. 탐심과 화냄은 서로 부추기며 상승합니다.” 새벽엔 내가 진수성찬을 차려 대접했나 보다. 화에게. 그래, 밥 주지 말자. 화에게.

인터뷰 도중 한 사람이 운다. 이 수행을 통하여 지금까지 자신이 얼마나 어리석었는가를 알게 됐으며, 이 법을 알게 된 것이 너무 감사하다고. 참회의 눈물이리라. 나는 오래 전에 가야산 수련원에 갔을 때 수련 도중 울던 생각이 났다. 그땐 방에서 혼자 수련했기 때문에 마음놓고 실컷 울었다. 그것이 이어졌으면 지금보다 훨씬 좋아졌을 텐데.

정문 안에 등나무로 만든 의자가 있는데 앉으면 참 편하다. 모기에게 무방비 상태이긴 하지만. 거기 비스듬히 앉아 하늘을 보면 하늘이 나를 끌어당기는 기분이다. 혹시 내가 그렇게 되기를 원하는 것이 아닐까.

어제부터 얼룩덜룩한 개 한 마리가 문간에서 서성거린다. 여기저기 살갗이 벗겨져서 속살이 벌겋게 드러났다. 눈동자도 희미하고 기운이 하나도 없는 것이 병이 나도 단단히 난 모양이다. 어디서 무엇을 보든 내 얼굴이라는데 저 개의 모습 또한 나 아닐까? 미래와 장래의 입김이 서린 내 모습. 그래서 개의 눈에 나도 자기처럼 비치는 것 아닐까. 병든 개의 눈동자에 무릇 생명 가진 것들의 비껴 갈 수 없는 인과의 고통이 고스란히 녹아 있다. 하나 속에 일체가 있고 모든 것 속에 하나가 있다는 그 말이 자꾸 맴돈다.

아픔은 육체와 정신의 뒤틀림이다

선원 문 밖에 어제 그 개가 또 왔다. 오늘은 기침까지 한다. 내 옆에 와서 우두커니 섰는데 나는 눈을 마주치지 않으려고 애쓴다. 손 한 번 내밀어 쓰다듬어 주지 못하는 나. 아픔은 육체와 정신의 뒤틀림이라고 했다. 스트레스 역시 '뒤틀림'을 뜻하는 것. 나는 지금 뒤틀려 있는가. 몸과 마음이 나란하지 못하고 어긋나 있는가. 그렇다면 둘이 정답게 손잡게 해줄 의무가 있다. 내게 깃든, 내 안에서 자란 몸과 맘. 죽음까지 함께 할 그들을 기어이 보살펴 줘야 한다.

나는 위로받고 싶은 심정으로 쉐우민 기념비 뒤, 거미의 집 집단구역으로 간다. 내가 벌레라면, 곤충이라면 저 희고 부드러운 장막을 들추고 들어가 보고 싶을 것이다. 풀밭에 널린 거미집은 움집인데 나무 사이에 척 걸친 집은 저택이다. 투명하고 미세한 겹겹의 실낱들. 하느작거리는 저 허공의 유곽에 누군들 들어가고 싶지 않겠나. 중앙홀에는 집주인이 버티고 있다. 우람한 거미다. 완강한 결가부좌. 목표물이 올 때까지 요지부동이다. 거미에게 한 수 배우고 들어와 법당으로 간다.

오늘 아침좌선은 어느 때보다 잘됐다. 시작할 때는 항상 네 가지 마음가짐을 떠올린다. '없애려고 하는 마음을 갖지 말고, 어떻게 되려고 하지 말고, 억제하지 말고, 너무 집중하지 말라'는 것. 처음 10분 정도 지났을 때는 기침 때문에 뛰쳐나왔지만, 다시 들어가 앉은 후로 1시간 20분이 지났다. 한순간 팔 다리가 마비되는 것같이 감각이 없기도 했으나 알아차리고, 몸이 흔들리다가 바닥에서 엉덩이가 떨어지는 것 같을 때는 그냥 지켜보았다. 전엔 두려웠었지만. 지금은 그냥 망상—알아차림, 느낌—알아차림, 현상—알아차림. 그리고 마음 챙김의 연속이다.

점심공양을 하고 숙소로 오다 보니까 선원 직원들이 병든 그 개를 씻기고 먹인다. 개는 훨씬 기운이 나 보인다. 피부암에 걸렸다고 하는데 저렇게 씻기기라도 하니 한결 낫다. 병들고 죽을 때까지 보살펴 준다는 것. 이것이 동물과 다른 인간의 아름다운 면일 것이다.

저녁 여섯 시가 돼야 불이 들어온다. 그리고 열 시 좀 전에 소등. 그 사이 잠깐씩 정전도 된다. 그 참에 팔도 풀어주고 눈도 놓아준다. 밤에 할 일을 이 세 시간 안에 부지런히 해야 한다. 물 끓이기, 씻기, 일기 쓰기, 낮에 게을러서 안 했다면 스트레칭.

이곳에서 지낼 때는 보온병과 커피포트와 담요, 양초는 필수다. 꿀도 요긴하다. 피로회복제 겸 저녁식사 대용으로. 이층에 콘센트가 있어서 물을 끓이려고 올라가는데 컴컴한 계단에 뭔가 시커먼 것이 있는 걸 모르고 하마터면 밟을 뻔했다. 개구리다. 도마뱀은 기척이 나면 재빨리 도망가는데 개구리란 놈은 "날 잡아 잡수"하고 꿈쩍 않는다. 미련한 건지 배짱이 두둑한 건지. 벽에 붙었던 도마뱀이 내 발자국 소리에 놀라 창틀 위에 올라가서는 몸을 반

쪽만 내놓고 한쪽 눈으로 살핀다. 귀여운 놈!

이 건물 이층은 주로 서양사람들이 사용한다. 수행할 때 보면 그들이 우리들보다 더 진지하다. 가사(스님들이 입는 옷)를 입었건 안 입었건. 좌선할 때도 무릎 꿇고 한 시간 이상 앉아 있는 사람도 있다. 우리는 이런 저런 수행에 쉽게 접근할 수 있는 반면 그들은 어렵게 접근해서 깊게 들어가는 것 같다.

이지러지기 전에 보름달을 보려고 뜰로 나간다. 환하게 맞이하는 달에게 나도 환하게 웃는다. 강물에 달이 비치고 바다 가득한 물결 위에 반사되는 저 달을 불교에서는 월인천강(月印千江), 해인(海印)으로 화엄의 세계를 표현했지만, 달빛이 이슬 속에 비치고 동시에 달이 이슬 속에 머금어지는 것을 인도에서는 '인드라의 그물' 이라고 했다. 그물의 그물코가 진주로 되어 있어서 하나하나의 진주에는 진주 전체가 투영된다고 보았기 때문이다.

투명하고 맑은 것은 모든 것을 있는 그대로 비춘다. 알을 품듯 품는다. 내가 외면하고 싫어하고 거부하는 것들이 있음은 맑지 못하기 때문일 것이다. 흙탕물에 무엇이 비칠 것이며 머금어질 것인가. 노자는 "누가 너를 모욕하더라도 앙갚음을 하려 들지 마라. 강가에 앉아 있노라면 머지않아 그의 시체가 떠내려가는 것을 보게 되리니"라고 했다. 수행은 더러움을 닦고 거르고 흘려보내는 하나의 정화 작업이며, 불필요한 잉여의 것들로부터 벗어나 본질만을 취하는 사막의 삶과도 같다. '멀리 그리고 분명히 보는' 유목민처럼.

촛불을 끄다

새벽 세 시쯤 조심스럽게 일어나 앉는다. 조금만 움직여도 침대가 삐걱거려서 룸메이트에게 여간 신경이 쓰이는 게 아니다. 화장실 가고 싶어도 되도록 참는다. 좌선을 하는데 사람들을 깨우는 종소리가 27번 울린다. 불교에 귀의하려면 일단은 일찍 일어나야 할 것 같다. 일찍 일어나려면 일찍 자야 하고. 나 같은 야행성에게 가장 힘든 부분이다. 그리고 또 하나. 목과 허리가 튼튼해야 한다. 방석에 앉아서 법문 듣고, 예불 드리고 좌선해야 하니까. 나는 목 디스크에 허리 디스크까지 있으니 신체조건에서 불합격. 그러니 도리 없이 알아서 조절하는 수밖에 없다.

세 시 종소리를 시작으로 자주자주 종이 울린다. 종소리가 나면 대뜸 닭이 운다. 낮에도 서너 번 종을 치는데 그때마다 덩달아 닭이 운다. 아니, 소리 지른다. 종소리는 이불 속에서 뜸 들이는 사람들을 독려하는 것일 게다. 어서 일어나거라, 몸과 마음을 가다듬고 부처님께 예를 올리고 올바르게 오늘을 시작하라고.

밖에서 가래침 뱉는 소리도 나고, 옆방 혹은 건넌방에서 변기 물 내리는 소리도 난다. 아까부터 내 모기장 밖에서는 모기가 안달이다. 먹잇감이 빤히 보이는데 먹지 못해 이리저리 공략하느라 머리맡에서 발치에서 왱왱거린다. 얘야, 그만 집착을 떨치고 잠이나 자거라.

오늘은 오전에도 오후에도 좌선이 잘 안 된다. 망상에 지루함까지 겹쳐 앉아있기가 힘들다. 어제부터 산란한 마음이 수습되지 않는다. 떠날 날이 돼 간다고 들뜨기 시작하는 건가. '사소한 번뇌를 하찮게 여겨 관찰하지 않는다면, 맛을 알지 못하는 국물 속의 국자와 같은 신세가 된다. 국자가 아니라 담마(법)의 맛을 아는 혀가 되라.' 그래, 나는 국자가 아니라 혀다. 신맛, 짠맛, 단맛, 쓴맛, 매운맛, 떫은 맛… 골고루 제대로 느끼는.

노을 질 때 쉐우민 기념관 뒤로 간다. 장소를 바꾸면 마음이 좀 가라앉으려나 싶어서. 바닥이 갓 구운 빵처럼 아직 따끈따끈하겠지. 구수하진 않아도 집중만 잘 되면 빵맛에 비기랴. 그런데 그곳에는 개 한 마리가 먼저 차지하고 누워 있다. 너도 여기가 좋으냐? 내가 중얼거리니까 놈은 반쯤 몸을 일으키고 짖지는 않으면서 저도 뭐라고 구시렁거린다. 기득권 행사다. 그래, 네가 먼저 왔으니 네가 임자다. 나는 좀 겁도 나고 그 주장이 틀리지도 않아 돌아선다. 아쉬운 마음, 집착이다.

오늘밤은 공기도 부드럽고 안개도 없다. 하늘은 이제껏 보았던 어느 밤보다 더 휘황하다. 하늘이 비좁아라, 빈자리보다 별 뜬 자리가 더 많아 보인다. 일등성은 물론 삼등성, 사등성까지 보이는 것 같다. 지금 밤은 별을 품고 별은 밤을 비추고 있다. 아니, 별이 밤을 품고 밤이 별을 반사하고 있는지도 모른다. 밤은 인간이 자신의 본성과 마주 서도록 하기 위해 존재한다. 이때 바라보는 별은 자신의 본성과 부딪치는 각성의 별이다. 촛불을 끈 후에야 비로소 드러나는 적광(寂光)이다. 나는 이 순간 별과 소통하고 있다고 믿는다. 내 안에 있는 깊은 '빈탕'과 내 밖에 존재하는 끝없는 자유, 무애(無碍)의 접점 '꽃자리'에 서 있다고 그렇게 믿는다.

있는 그대로 보기, 해석하지 말기

오늘 아침 인터뷰에서는 비슷비슷한 내용이 많았고 따라서 답변도 중복될 수밖에 없었다. 스님의 조언은 대충 이랬다. "작은 분노도 자꾸 키우니까 자기집으로 삼는 것입니다. 집착이 마음에 꽉 차 있는 것만큼 큰 슬픔은 없습니다. 아무리 슬픈 드라마도 이보다는 덜할 것입니다. 두려워하는 것도 집착인데 왜 그런가 하면 두려워하는 마음을 두려워하는 것이기 때문입니다."

새소리가 오늘따라 더욱 요란해서 말소리가 잘 들리지 않는다. 수행이 익어가야 새로운 느낌이 생길 텐데 왜 이리 덤덤한지.

새소리가 조금 덜하다. 스님 법문이 이어진다. "수행을 한다는 것은 마음이 일하는 것을 말합니다. 마음이 무슨 일을 해야 하는가 하면 사띠(알아차림)를 두는 일을 해야 합니다. 사띠를 둔다는 것은 어떤 대상을 알아차리는 것입니다. 예를 들어 좌선할 때 호흡이 일어나고 사라지는 것을 보는 것. 또는 코의 들숨 날숨을 보는 것을 말합니다. 수행은 무언가 하나를 어떻게 되도록 하거나 얻기 위해서가 아니라 몸과 마음의 성질을 알기 위해서 하는 것입니다. 가령 어떤 사람에 대하여 알고 싶으면 어떻게 해야 하나요? 내가 하고 싶은 대로 요구해야 하나요? 아닙니다. 그 사람이 어떻게 말하고 어떻게 행동하고 있는지 있는 그대로 지켜보면 결국 그 사람에 대하여 알 수 있게 될 것입니다."

지켜본다는 것은 개입하지 않는 것이다. 내 잣대로 보거나 판단하지 않는 것이다. 그러나 우리는 하찮은 일에도 시시비비하게 마련이다. 자기자신에게는 더욱 그렇다. 잠시도 가만 두지 못하고 들쑤시고, 부추기고, 괴롭힌다. 남이 나에게 상처를 주었다고 하지만 몸이 건강하면 병원체에 대하여 면역력이 강하듯이 마음이 고요하면 쉽게 다치지 않는다. 다쳐도 그것을 곱씹지 않으니까 쉬 아문다.

경전(가르침)은 수행의 방편이고 팔만 사천 법문도 다 열반을 향한 도정일 뿐, 결국은 내가 내 배로, 내 코로 숨쉬고 내 목구멍으로 음식을 삼켜야 하는 것이다. 생각으로는, 말로는 쉽지만 그렇게 하기가 어렵기 때문에 자주, 매일 날뛰는 마음을 불러 앉히는 것 아닌가. 자리에 앉으면 언제나 '지금부터다. 지금 나는 시작이다' 하는 마음을 잊지 않으려 애쓴다. 마음을 알아차리려고 마음을 새로 낸다. 그리고 마치 나를 떠보기라도 하려는 것처럼 잠깐씩 일어나는 혹은 스쳐가는 특별한 느낌이나 현상에 끌려가지 않고 담담하게 흘려버리려고 노력한다. 그저 지켜보기만 하자고 단단히 단속하고도 답답한 마음, 까닭 없이 슬픈 마음, 심지어는 회의적인 마음마저 들기도 한다. '헛되고 헛되고 헛되다' 는 성서의 시편도 떠오르고, 우리가 마침내 돌아갈 곳을 '모든 산 자들의 대기소' 로 표현한 욥기의 한 구절도 스친다.

'어제의 인간은 오늘의 인간 속에서 죽고 오늘의 인간은 내일의 인간 속에서 죽는' 오늘의 내 얼굴을 들여다본다. 온갖 상념이 휘저어 놓은 얼굴. 사람의 얼굴처럼 복잡미묘한 가죽도 없을 것이다. 생각, 의도, 감정, 과거, 현재가 또박또박 쓰이는 천연의 가죽. 이 번민과 갈등으로부터 벗어나도록 하기 위하여 불교에서는 반야심경을 만들고 제행무상(諸行無常: 우주의 모든 현상은 고정된 실체가 없이 흘러간다는 의미로 집착을 버리라는 가르침)이라는 핵심구절로써 깨달음을 촉구한 것인가 보다. 있는 것이 사실은 없다고. 없는 것이 사실은 있다고. 그러므로 무(無)는 없는 것이 아니라 열십자가 모인 가장 큰 수, 곧 무한(無限)이라고. 이 깨달음은 다름 아닌 자신의 에고를 깨는 것이어서 자아가 사라진 자리에 비로소 평온이 찾아온다는 말과 다르지 않다. 결국은 인정과 노력 아닐까. 내 무지를 인정하고 어리석음을 되풀이하지 않으려는 힘씀 아닐까.

"우리에게는 지옥도, 천국도 만들어 낼 수 있는 힘이 있다. 그런데 우리는 왜 지금과 다른 꿈을 꾸려 하지 않는가? 우리의 상상력과 감정을 왜 천국을 꿈꾸는 데 쓰려하지 않는가?" 수천 년 전 지금의 멕시코시티, 테오티우아칸에 살았던 톨텍 인디언의 말이다.

안을 보고, 밖을 보고, 안팎을 보라

내일 이곳을 떠난다. 제대로 수행도 못하고 가게 된다는 반성과 아쉬움이 크다. 이 또한 탐심과 집착일 것이다. 많이 하고 싶었다는. 잘 하고 싶었다는. 혹은 뭔가 오기 전과 달라지기를 기대했다는. 부질없다. 부질없다. 버리려고 온 것이지 얻으려고 온 것 아니지 않나. 오래고 오랜 업장이 어떻게 그리 쉽게 소멸되겠는가. 한 만큼은 왔을 것이다. 공부처럼 정직한 것도 없으니까. 어디서건 이 끈을 놓지 않고 바라는 마음 없이, 담담하게 꾸준히 하다 보면 분명히 진전이 있을 것이다. 드물기는 해도 맑은 얼굴을 본 적이 있다. 속에서 우러나오는 고요한 온화함. 비길 데 없는 아름다움이다.

오솔길에서 만났던 밥 팔던 아이를 마지막으로 보려고 시간에 맞춰 그곳에서 기다렸지만 오지 않는다. 볼펜과 공책을 주려했는데. 그냥 돌아와 스님들 탁발 나가는 것을 따라간다. 흙길이지만 맨발이라도 걸을 만하다. 흙은 붉고 부드럽다. 다 그렇지는 않겠으나 내가 밟아본 미얀마의 흙은 붉다. 땅이 비옥하여 농사가 잘돼 빈곤한 나라지만 굶어 죽는 사람은 없다고 한다.

마을 주민들이 밥을 들고 나와 기다리고 있다. 어떤 그릇에서는 아직 따뜻한 하얀 김이, 나누는 마음처럼 모락모락 피어오른다. 꼬마들은 엄마 치맛자락 뒤에 숨어서 손가락을 입에 문 채 낯선 우리를 빤히 쳐다본다. 아이들이 쳐다볼 때는 눈도 잘 깜빡이지 않아서 아이들과 눈싸움을 하면 언제나 진다. 우리는 한국에서 준비해 온 공책, 볼펜, 머리핀, 간식거리, 가방 등을 나누어준다. 가방을 받은 아이 주변에 부러움의 눈동자들이 고인다. 이곳의 아이들은 부러워는 해도 달라고는 하지 않는다. 안개 속에서 시작된 탁발이 안개 속에서 끝난다. 40분 남짓. 들어와 발을 씻어도 과히 더럽지 않다. 신기하다. 흙바닥을 걸었는데. 점점 흙이 더 좋아진다. 내가 사는 서울에도 맨발로 걸을 수 있는 곳이 있었으면.

화장실 청소를 하는데 개구리가 자꾸 마음에 걸린다. 이틀 전에 두 마리가 들어와 한 마리는 아침에 나갔고 한 마리는 벽에 붙어서 꼼짝도 않는다. 수시로 보았지만 조금도 움직이지 않았다. 몸 색깔도 좀 바랜 것 같다. 혹시 내가 피운 모기향 때문에 죽은 건 아닐까? 죽었으면 바닥에 툭 떨어질 텐데. 개구리의 생리를 모르는 나로선 답답하기만 하다. 측은함과 죄책감이 뒤섞인다. 나는 못하겠고 저러다 죽기 전에 누구에게 부탁해서 밖에 내놓아달라고 해야겠다.

"항상 마음에다 물어 보십시오. 지금 무엇을 하고 있는가. 사띠(알아차림)를 두고 있는가? 처음엔 의도적으로 사띠를 두어야 합니다(이것을 '없는 사띠'라고 한다). 그러다가 사띠가 습관화되면 의도하지 않아도 사띠가 따라 옵니다(이것을 '있는 사띠'라고 한다). 말을 하기 전에도 생각하고 할 때도 생각하고 말한 후에도 생각하

탁발을 끝내고 사원으로 들어오는 승려들의 행렬.
사이사이 사미승도 보인다.
각기 무슨 생각에 잠겼는지 표정이 다양하다.

십시오. 지금 마음이 어디에 가 있는가? 안에 있는가? 밖에 있는가? 하루종일 그렇게 자주 물어보도록 하십시오."

오늘은 하루종일 이것에 집중하기로 한다. 마음아! 부르면 일단 쪼르르 오기는 온다. 어디에 있다 왔는가 살펴보면 종횡무진이다. 동에 번쩍. 서에 번쩍. 원숭이 중에서도 상 원숭이. 마음을 불러 앉히고 들여다보면 안절부절못한다. 뛰쳐나가고 싶어서. 몸을 비틀고 싶어서. 웃고 떠들고 싶어서. 그 마음을 가만히 지켜본다. 지켜보는 마음을 느낀다. 지켜보는 마음이 커지면서 들뜬 마음은 조금씩 가라앉는다. 가라앉음을 느낀다. 그러나 계속 이렇게 지속되는 것은 아니다. 그렇다면 얼마나 좋겠는가. 어느 틈엔가 지치고 힘들어하는 마음이 일어난다. 이때는 눈을 뜨고 밖을 본다. "안을 보고 밖을 보고 안팎을 보라." 나는 이 말을 좋아한다. 그래서 하루에도 몇 번씩 떠올린다.

창밖에 낙엽을 쌓아놓았다. 두 무더기. 어제는 없었는데, 아침에도 없었는데 언제. 작은 제단 같다. 태우려는 모양이다. 잠시 후 낙엽에 불이 붙는다. 곧 불길이 붉은 혓바닥을 널름거리며 낙엽을 삼키기 시작한다. 저 낙엽은 지금 마땅히 죽어 없어져야 하는 존재인가. 한동안 망상처럼 길길이 날뛰던 불꽃이 점점 사그라진다. 망상이 지나간 자리에 연기가 조용히 피어오른다. 그러나 또 잠시 후 불길도, 연기도, 낙엽도 사라지고 남은 것은 없다. 망상도, 망상이 지나간 자리도 없다.

없다. 내가 망상이라고 생각했던 불길도, 망상의 흔적이라고 간주했던 연기도 다만 불이고 연기인 자연의 속성일 뿐, 나의 의도인 것이다. '있는 그대로, 항상 있는 그대로 보기. 해석하지 말기.' 다시 마음을 챙긴다. 마음을 다시 새로 낸다.

미얀마

미얀마의 아침은 새벽 세 시다

미얀마의
아침은
새벽 세 시다

미얀마의 아침은 새벽 세 시다 – 만달레이

미얀마의 아침은 새벽 세 시에 시작된다. 종소리, 변기 물내리는 소리, 빗자루 소리. 그러나 발자국 소리는 들리지 않는다. 맨발 아니면 고무로 된 샌들을 신으니까. 우리도 오늘은 세 시에 일어난다. 마하무니(Mahamuni) 사원에서 치르는 불상 세안을 보기 위해서다. 나는 사실 일어날 것도 없다. 이 시간쯤이 잠드는 시간이므로. 어둠 속을 달려 사원으로 가서 자리를 잡는다. 사람들이 벌써 손에 손에 꽃을 들고 앉고 서고 절하고 북적인다. 내 바로 뒷줄에는 흰옷 입은 악사들이 제각기 악기를 안고 기다린다. 4미터 높이의 불상은 전체가 금덩어리다. 금 무게가 2톤이라니 부처님, 너무 무거우시겠다.

이 불상은 2,500년 전에 처음 만들어진 이후 태국에 빼앗기기

마하무니 사원에서 새벽마다 치르는 세안의식. 이 의식을 보기 위하여 새벽 3시 이전부터 많은 사람들이 모여 붐빈다. 여기 모신 불상은 높이가 4미터인데 전체가 금으로 덮였다.

도 하고 화재로 손상되기도 하면서 수난을 겪다가 지금의 장소에 안착되었다고 한다. 화려한 보관과 목걸이, 갖가지 보석으로 치장된 불상은 불상이라기보다 호화로운 보살상에 가깝다.

드디어 음악소리와 함께 세안의식이 시작된다. 먼저 이중문으로 된 금박문의 자물쇠를 열고 다시 그 안에 잠긴 또 하나의 자물쇠를 연다. 흰옷을 입은 사람들이 보좌 아래서 꽃을 바치고 물을 떠오고 여러 가지 준비를 하는 동안 늙은 악사들은 남성 이중창을 하면서 악기를 연주한다. 한 사람은 이가 빠져 바람소리가 난다. 한 승려가 발판 위에 올라가 불상에 예를 올리고 공단같이 반들반들한 황금색 천으로 몸을 가린다. 이때 연주자 모두가 합창을 한다. 합창이 끝남과 동시에 역시 노란 천으로 턱받이를 한 다음 다시 합창. 그리고는 황금빛 주전자에 담긴 향유를 얼굴에 골고루 붓는다. 이때 음악이 고조되며 다 같이 "사두! 사두! 사두!(위대한 성자를 일컬음)"를 외친다. 이번에는 헝겊으로 마사지. 스프레이를 뿌리고 수건 20장 정도를 가지고 한 번씩 닦고 던지고, 닦고 던지고, 닦고. 이제 노래는 절정이다. 노래는 공간을 울리고 마음을 울린다. 울려 퍼진다. 지금 저 노래의 의미를 나는 알 수 없지만 내 귀는 이렇게 듣는다. 축가와 영가의 건널목쯤이라고. 다음 순서는 사람들이 보시한 금으로 개금행사를 한다는데 우리는 여기까지만 보고 나온다. 혜호로 가는 비행기를 타기 위해서.

야생화와 밤 물고기와, – 혜호

만달레이에서 30분 남짓 날아왔지만 지형과 풍경이 바뀌고 인종이 달라지고 대기의 기운이 청량하여 다른 나라에 온 것 같다. 이제껏 평야만 보다가 겹겹의 산을 보니까 반갑다. 우리나라 산 모습과 비슷하기 때문일까. 종족주(*state*)로 보자면 혜호(Heho)는 샨주에 속하는데 '샨'은 '자유로운 사람들'이란 뜻이다. 혜호는 해발 8백 미터에 위치하고 있어 우리의 대관령쯤 되는 고도다. 옛날에 여기에 백제인들이 거주했다고도 전해진다. 그래서 그런지 김치, 된장, 밥도 우리나라와 비슷하고 서식하는 식물군도 소나무를 위시하여 우리나라에 분포되어 있는 식물들과 유사하다고 한다. 샤주는 만달레이 다음으로 면적이 넓고 인구도 많다. 또 자원이 풍부할 뿐만 아니라 전세계 소비량의 60%를 생산하는 마약산지이기도 하다. 미얀마에서는 무척 잘 사는 지역이라서 독립을 요구하고 있지만 워낙 미묘한 사안이므로 먼 훗날의 일일 것 같다.

오는 날이 장날이라고 아웅반 마을을 지날 때 장이 열렸다. 소수민족들을 만날 수 있는 기회인지라 우리는 즉시 차를 세우고 장터를 따라가 본다. 그다지 붐비지는 않지만 여러 종족의 사람들이 모였다. 현재 미얀마의 총인구 4,700만 정도 가운데 소수민족은 135종이나 되고 각 종족이 사용하는 언어는 무려 242개나 된다.

©라상훈

장터에 모인 소수민족들. 미얀마의 총인구 4,700만 가운데 소수민족은 135종족이며 언어는 무려 242개나 된다고 한다.

찬찬히 살펴보니까 산악지대 사람들 차림은 어느 나라나 공통점이 있다. 우선 모자나 두건을 쓴다. 그리고는 무명이나 털실, 양모(혹은 알파카)로 만든 옷을 입는데 원색을 섞은 기하학적 무늬가 많다. 그리고 어깨에 걸친 큰 망태기 같은 주머니도 비슷하다. 나는 기웃기웃 사람구경도 하고 물건구경도 하고 간식거리도 산다. 곰머리, 뱀가죽, 지네…. 우리나라 시골장터에서 볼 수 있는 소위 만병통치 약재가 장바닥에 정답게 널렸다. 길을 잃어버릴까봐 골목골목은 못 다니고 큰길만 둘러보다 돌아온다.

갈 길이 멀다. 길은 멀고 차는 흔들리지만 풍경이 지루함을 덮어준다. 고원의 대기는 차고 투명하다. 붉디붉은 흙. 도랑을 흐르는 물도 붉고 물에 젖는 나무 아랫도리도 붉다. 해바라기 들판이 한동안 세상을 노랗게 흔들어 나는 어질어질하다. 그러나 이 어지러움은 아플 때와 달리 유쾌한 현기증이다. 사람들이 작아서 그런지 해바라기 키도 작다. 줄기도 연해 보인다. 씨도 따라서 더욱 오종종하겠지. 이 나라에서 해바라기 오일은 반찬을 볶거나 튀기는데 쓰고, 씨는 미얀마 사람들이 가장 즐기는 간식거리다. 버스나 공원, 기차 안에 온통 해바라기 씨가 널렸고 영화관에서는 씨 까는 소리에 대사가 잘 들리지 않을 정도라니 쓸어 담으면 가을날 낙엽처럼 수북하겠다. 태우면 구수하겠다.

해바라기 들판이 끝나더니 야생화 군락이 하얗게 세상을 헹군다. 영화필름이 돌아가는 것처럼 자연이 꺼내 펼치는 한줌 한줌이

ⓒ김상훈

미얀마에는 유난히 해바라기가 많다. 그래서 그들은 해바라기로 기름도 짜고 씨도 먹는다.

신선하고 신비롭다. 바람까지 거들어 작은 꽃이며 여린 이파리, 억새들의 허연 갈기를 흔들흔들 그네 태운다. 이 기막힌 장소를 지나칠 수 없다고 고맙게도 버스를 세워준다. 역시 여행은 즐길 줄 아는 사람과 함께 해야. 나는 뛰어내려 꽃무더기를 파고든다. 어릴 적 엄마품에 달려들듯이. 그리고 꽃에 취하여 이렇게 쓴다.

야생화 가득한 들판, 꽃에 취하여
비틀거리다 넘어졌을 때
화엄 제비꽃을 보았다
몸을 낮추어야 그 세계를 볼 수 있는 꽃
화엄 자리에 발기한 꽃자리는 그래도 붉다
야생화 가득한 들판, 화엄이 물결친다

미얀마는 땅이 비옥하여 농사도 잘되거니와 꽃도 많이 핀다. 혜호 가는 길에 펼쳐진 야생화 들판 ⓒ라상호

엎어진 채 마음 한구석 축축한 곳에
제비꽃 한 그루 옮겨 심는다

나는 언제쯤
저 화엄의 물관을 타고 내려가
내 마음 환하게 들여다 볼 수 있을까

– 화엄제비꽃

버스가 비틀비틀 모퉁이를 휘감고 돌자 이번엔 밀 타작하는 장면이다. 옛날 우리 농촌에서 타작하던 모습 그대로. 사람들 주변에서 소들은 얼룩덜룩 각각 제 색깔대로 어미, 새끼 떼지어 풀을 뜯는다. 이곳 역시 그냥 갈 수 없는 곳. 타작하는 사람들에게 다가

가니까 와서 해보라고 손짓한다. 생전 처음 해보는 동작이 영 어색하다. 그들이 하는 대로 따라 해도 잘 되지 않는다. 더 세게 더 세게 내려치라는데 힘이 어디로 다 새는지 알갱이는 털리지 않고 나는 엉덩방아를 찧는다. 하하허허 한바탕 웃고 그들과 헤어지는 발길이 무겁다. 저 부드러운 풀밭에 뒹굴며 딱 하루만이라도 마음 풀어헤치고 놀고 가면 참 좋겠다.

두 시간 남짓 고원을 돌고 가로지르고 내달리고 나자 하나둘 집이 나타난다. 후텁지근한 사람 냄새가 풍겨온다. 지금까지 주로 보았던 대나무집보다 벽돌집이 많고 간혹 이층집도 있다. 부유한

밀 타작하는 모습이 우리나라 농촌의 모습과 닮았다. 푸른 하늘과 뭉게구름, 드넓은 들판, 소박한 사람들. 그야말로 한 컷의 평화다.

고장이라는 표시다. 예약된 식당에서 점심식사를 한다. 푸슬푸슬한 밥만 먹다가 오래간만에 쫀득쫀득한 밥이 나오니 다들 행복한 얼굴이다. 반찬도 덜 짜고 특히 녹두 수프가 입맛에 딱 맞아 두 그릇씩 비운다. 올 때는 눈이 웃더니 지금은 입이 웃는다. 버스가 덜컹거려서 그런지 배도 고팠다. 차도 사람도 다시 기운을 차려 오늘의 목적지 삔따야 동굴로 출발할 때 팽팽하던 허공이 느슨하게 풀리고 있다. 저녁쪽으로 만상이 기울어가는 중이다.

삔따야(Pindaya) 동굴은 길이가 160미터이고, 그 안에 불상이 자그마치 8,094개가 있다는 말을 들으면서 나는 그 숫자에 놀란다. 만들었다 하면 이 사람들은 천, 만, 백만 이런 식이다.

동굴입구서부터 기다렸다는 듯이 입불, 좌불들이 들이닥친다. 천장 바로 아래부터 바닥까지 꽉꽉꽉 들어찬 금, 금, 금, 순금의 부처들. 한 사람만 겨우 통과할 정도로 좁고 구불구불한 미로 구석구석에서 지그시 바라보는 시선들. 피할 길이 없다. 산소가 부족한 탓도 있겠지만 울창한 황금밀림에 압도되어 가슴이 바작바작 조인다.

이 불상들은 800년에서 1,880년까지 만들어진 것이라는데, 가장 오래된 것은 1,200년 전 우칸디 스님이 깨달음을 얻은 장소에 있다. 그래서 그곳에 사람들이 가장 많이 모인다.

한 바퀴 다 돌고 나오니까 훌쩍 딴 세상 건너갔다 온 것 같다. 환상에서 풀려난 듯 몽롱하다. 금빛은 휘황한 줄만 알았는데 알록

달록 시끌시끌한 바깥세상보다 동굴 속 금빛의 침묵이 더욱 강렬하다. 연마와 탁마의 결실이 어두운 동굴을 도량으로 일궈 놓았다. 깨달음의 지렛대를 받쳐들고서.

오늘밤 지친 몸을 뉘일 곳은 물 위다. 잠든 동안 모든 것이 무화된 무소의 그곳으로 흘러갔으면. 물이 나를 무등 태우고 피안의

삔따야 동굴의 불상. 길이 160미터의 동굴 안에 8,094개의 불상이 빽빽하게 들어차 있다. 모두 금을 입혀서 동굴 안이 휘황하다.

드넓은 인레 호수 위에 세운 수상호텔. 잔잔한 물결 위에 비치는 모습이 어느 것이 실제인지 구별하기 어려울 정도다.

언덕으로 데려갔으면.

일몰 전에 인레(Inle) 호수에 도착하여 호수 위에 지은 집 한 채를 할당받았다. 호텔방 한칸씩만 빌려쓰다가 통째로 집을 안기니 갑자기 부자가 된 기분이다. 방갈로처럼 죽 늘어선 수상호텔. 일단 천장이 높아서 시원스럽다. 높은 천장에서 부드럽게 흘러내린 모기장이 우아하게 드리워져 있다. 페르시아풍이다. 얼핏 세헤라자데와 티그리스 강변이 떠오른다. 바그다드 티그리스 강가에 비스듬히 누워 천일야화를 듣는 하룬 알 라시드 칼리프와 열심히 이야기하는 세헤라자데의 커다란 석상. 예술적으로 뛰어난 조각은 아니었지만 재미있는 모습이었다.

인레 호수의 몽환적인 풍경. 새벽안개와 일몰이 떠나야 할 사람들의 발목을 붙든다.

호수가 얼마나 큰지 수평선이 아득하다. 인레 호수는 해발 870미터의 고원에 있고 길이가 22킬로미터이며 폭이 11킬로미터다. 이렇게 숫자로 명확하게 짚고 나면 오히려 축소되는 느낌이다. 보이는 대로 넓고, 상상하는 대로 깊다고 나는 중얼거린다. 이 지역은 산악지대라서 기온이 낮은데 호텔은 난방을 하지 않는다고 하니 오늘밤은 여행기간중 제일 추운 밤이 될 것이다. 그러나 무수한 저 별들이 밤새 따뜻한 빛을 뿜어줄 텐데 뭐 그리 추울까.

나는 잠자기 아까워서 테라스에 나와 미니바의 맥주를 꺼내 밤과 함께 마신다. 보이지는 않지만 밤은 늘 가까이 있다. 축축하고 묵직한, 그러면서도 들뜨게 하고 열망케 하는 그런 기운이 내 주변을 맴돌고 있음을 느낀다. 밤과 보내는 시간이 많은 나는 그와 가까운 사이일까. 고요함 가운데 가끔씩 철버덕 철버덕 물 튀기는 소리가 심심치 않다. 나처럼 늦게 자는, 어쩌면 날을 샐지도 모르는 밤 물고기. 보이지는 않지만 반가워라!

수상호텔 테라스에 나와 맥주를 마신다
별빛에 눈이 시큰거린다
캄캄한 호수에서 누가 물을 찬다 철버덕철버덕
오, 반가워라
아직 잠들지 않은 누가 물 속에서 놀고 있구나

물이 적시는 이 집의 뿌리가 흔들리는지
북극성이 사선으로 기운다
내 발가락도 차갑게 오므라든다
명치끝에서 기침이 단숨에 올라온다

술이 식었다

—밤 물고기

꽃탑에서 전탑으로 – 인땡 유적지

아침에 보트를 타고 호수 주변 유적지와 수상가옥 주민들을 만나러 간다. 추운 지방 탐사라도 가는 양 옷으로 무장하고. 배가 수면을 이리저리 재단하면서 어디론가 데리고 간다. 그래, 아름다운 곳이라면 멀리멀리 가 다오. 톡톡 튀어오르는 물방울. 섬진강 은어떼가 핑핑 날아오르는 것 같다. 그것들은 가장 높이 튀어올라온 지점에서 순식간에 사라진다. 사라진 흔적이 허공에 아롱진다. 겁의 시간에서 본다면 사람의 한 생이 저러할까. 저렇게 투명하고 경쾌하게 그리고 흔적 없이 살다가면 참 좋겠다.

인레 호수에 사는 인따족은 수경재배를 한다. 대나무를 밭고랑만큼 엮어 부력으로 띄운 다음 그 위에 흙을 덮어서 토마토, 커리플라워, 미나리, 파 등을 경작한다. 멀리서 보면 밭이 둥둥 떠내려가는 것 같다. 이 부표식 농토는 원하는 만큼 잘라 매매도 한다니 지상이건 수상이건 사는 방편은 다를 바 없다.

멀리 기다란 나막신 같은 것이 물 속에 비스듬히 꽂혀 있다. 고기잡이 배다. 사람이 한쪽 끝에 금세라도 빠질 듯이 앉아서 작업을 한다. 가느다란 배에 가느다란 사람. 덩치 큰 고기라도 잡을라치면 글쎄, 고기에게 끌려가지나 않을까.

우리 배를 스치면서 외발로 노저어 가는 사람이 환하게 웃는다. 서서 노젓는 모습이 특이해서 자세히 보니까 종아리로 노를

어둠이 내린 가운데 외발로 노젓는 사람과 배. 이러한 외발 노젓기는 인레호수에서만 볼 수 있는 특이한 모습이다.

©테마세이투어

뒤로 보내고 발목을 사용해서 앞으로 데려온다. 외발 노젓기의 유래는 넓은 호수에 지형지물이 없어서 방향을 확인하기 위해서라고도 하고, 바간 왕조 때 어느 왕이 아버지를 살해하고 왕위에 오르자 백성들이 쿠데타를 일으킬까봐 남자들의 한쪽 팔을 잘랐기 때문이라고도 한다. 이곳 저곳, 이 사건 저 사건에 바간 왕조가 자주 연루되는 것으로 보아 사연이 많은 시대였던 모양이다.

배는 서서히 좁은 수로로 접어든다. 양쪽에 키 큰 나무들이 우리를 포위하듯 둘러선다. 마지막 나무 작은 가지에 진분홍빛 꽃이 딱 한 송이 매달렸다. 마지막 송일까, 첫 송일까. 무관하다 무관하다. 그 나무 뒤로 낡은 한 집이 귀를 슬쩍 내민다. 그 귀에 녹슨 위성안테나가 삐딱하게 꽂혔고 빨랫줄엔 빨래가 몇 장 남루한 깃발처럼 펄럭인다. 사람 기척이 전혀 없이 적막하다. 여윈 배 하나가 숨은 듯 수초에 싸여 있다. 떠나간 사람을 기다리고 있는 중인지. 버려진 것인지.

좁은 공간을 빠져 나와 보트는 씽씽 침 튀기며 달린다. 빨리 달릴수록 침은 멀리 높게 튄다. 기대하고 고대하는 인땡 유적지의 숨소리가 들려오는 듯하다. 내 숨소리도 차츰 높아진다. 또 무엇이 나를 휘몰아칠 것인가.

배가 점차 속도를 줄이며 선착장으로 머리를 들이민다. 잠시 배가 멎고 사람을 부리고 다시 떠나면 그 뿐, 배가 정박하는 곳이라는 분위기가 전혀 없다. 여객선 터미널처럼 시끌벅적한 청사나 거창한 배가 있는 것도 아니고, 유람선 선착장 주변같이 유행가 가락이나 사람들의 흥청거림도 없어서 타고 내림의 구분이, 물과 뭍으로의 공간이동에 대한 개념이 희미한 곳이다.

마을이 넓다. 농경지를 지나서 걷다 보니 초등학교 운동장을 가로지르고 있는 중이다. 학교 안에 들어온 줄도 몰랐다. 담이나 울타리 같은 경계가 없어서 자연스럽게 진입한 것이다. 이곳도 지금 방학인지 아이들은 없고 청년들이 축구를 한다. 론지(미얀마 사람들의 전통 복장으로 남녀 공통으로 입는 긴 치마)를 입은 채로. 미얀마가 버마였던 때 아시아에서 축구 잘 하는 나라에 속했었다는 기억이 난다. 나라 이름을 바꾼 이유는 두 가지인데 하나는 백 년간

인땡 유적지의 탑들. 지은 연대를 알 수 없는 탑들이 다닥다닥 붙어 있다. 무너지고, 삭고, 허물어진 탑들 틈으로 잡초가 무성하다.

©테마샷이미지

의 영국 식민지 시대의 이름인 버마로부터 탈피하자는 의미이고, 다른 하나는 국민 전체의 68%를 차지하는 버마족뿐만 아니라 135개나 되는 소수민족 모두를 수용한다는 의미라고 한다.

유적지 입구에서 사원까지 회랑이 무척 길다. 6백 미터쯤 되는 회랑 양편으로 로마식 기둥이 즐비하다. 벌써 이곳에도 관광객이 많이 드나드는지 기념품 가게가 줄줄이다. 나는 한눈 팔지 않고 곧장 올라가 사원에 참배하고 두근거리며 잡초 무성한 탑들의 왕국으로 들어간다. 이곳은 다른 사원들과 달리 사람들이 많이 다니는 곳이 아니라서 바닥에 유리조각, 부러진 나뭇가지, 잔 돌멩이들이 널렸다. 그러나 탑이 있는 곳이기 때문에 맨발이라야 한다. 하지만 들뜬 나는 조심할 여유가 없다.

지은 연대를 알 수 없는 무수한 탑들이 다닥다닥 서로 부추기며 붙어 있다. 외로운 걸까. 나는 탑 사이를 누비면서 아, 그 낯설지 않은 기운을 느낀다. 가만가만 퍼져오는 엷은 입김. 아래로아래로 나른하게 하강하는 잦아듦. 누군가 부드럽게 나를 쓰다듬는 따뜻한 손. 그것은 축복 같기도, 달램 같기도, 부름 같기도 하다. 이 기운들은 특정한 어떤 장소와 만났을 때 즉각적으로 내게 전달되는 파동이다. 이집트 카르낙 신전의 숨막히는 돌기둥 밀림에서, 크레타 섬 크노소스 궁전의 허물어진 핏빛 벽 한귀퉁이에서, 이라크 남단 우르의 갈대 늪에서도 이와 비슷한 기류가 흘러왔었다. 아직 가보진 못했지만 볼리비아의 티아우아나코 유적 태양문 언저리도 아마 그럴 것 같다. 사진과 만났을 때 연로하나 강렬한 그 붉은 문은 나를 부르고 있었으니까.

건드리면 스르르 내게로 무너질 것 같은 탑도 있고 기대면 아직 든든하게 받쳐줄 것 같은 탑도 있다. 어떤 것은 사리탑, 어떤 것은 1인 1실의 토굴. 미얀마에서는 죽음을 '옷 갈아입는다', 즉 옷 갈아입고 업만 가지고 간다는 의미로 받아들이기 때문에 시체는 모두 화장하고 제를 지내지 않는다. 그렇다면 저 사리탑들 어느 것 하나 앞에서도 울음은 없었으리라. 탑마다 입구에 수호신을 하나,

혹은 한 쌍을 조각해 놓았는데 그들 역시 얼굴도 몸도 온전치 못하다. 그래도 아름답고 그래서 신비롭다.

나는 조락한 왕국의 해진 문턱, 어느 탑의 발치에서 어둑한 내부를 들여다본다. 무너진 가슴에, 터진 옆구리에, 구멍 난 정수리에, 닳아빠진 한쪽 귀에 잡초와 덩굴식물이 마구 둥지를 틀었다. 한 사람 겨우 들어갈 만한 구멍에는 얼룩 고양이가 혼침에 들었다.

속 다 파먹고 엎어놓은 브라보콘같이
껍데기만 남은 탑의 군락지
건드리면 와르르 내게 쏟아질 듯 다 삭은 사리탑
발치에 얼룩 고양이 한 마리 혼침에 들었다
구멍 난 정수리, 해진 옆구리 툭툭 밀치고
좀생이 별 같은, 알알의 사리 같은
작고 뽀얀 꽃들이 무더기무더기 둥지를 틀었다
전탑의 시대를 지나 꽃탑이 무럭무럭 자라는 인땡 유적지

한 마리 뱀이, 아니 무수한 뱀들이
저 난만한 잡초 밑에서
늙은 탑의 자궁 안에서
구불텅구불텅 얼크러졌는지
풍경이 오래 휘청거린다

— 전탑에서 꽃탑으로

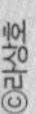

인땡 유적지의 탑. 합장을 하고 탑 입구에 단정하게 선 수호신이 아름답고 경건하다.

고깔모자처럼 뾰족뾰족한 인땡 유적지의 탑들. 내부는 한 사람이 들어갈 정도의 좁은 공간이다.

▶▶▶

나는 탑과 탑 사이 미로 같은 길을 구불구불 돌다가 가시에 찔려 쩔뚝거리며 할 수 없이 신발을 가지러 가는데 우리 일행이 빨리 오라고 부른다. 벌써 떠나는가 보다. 혼자가 아니라는 걸 잊고 있었다. 아직 반대쪽은 가보지도 못했는데….

늘 그랬다. 혼자가 아닐 때는 놓치고 지나치고 서두르고, 그래서 아쉽고 허전했다. 그러나 그것도 여러 번 겪다보니 미련이나 실망에도 웬만큼 이골이 났다. 사람이나 사물에 대해서, 혹은 이념이나 관념에 집착을 떨치지 못하는 것. 이것이 살아가는 데 가장 큰 장애 아닌가. 순간순간 '알아차림' 을 놓치지 않도록 '마음 챙김' 이 최선의 방책이다.

인땡(Indang) 유적지에서 내려오는 길은 대나무 숲길이다. 널찍한 냇물도 시원하게 흐른다. 소풍처럼 즐기면서 파다웅족의 여자를 보러 간다. 돈 내고 들어가야 한다고 하니 그야말로 '보러' 가는 것. 사람도 상품이 되어버린 시대라는 것을 실감한다. 짚어 올라가 보면 사람이, 특히 여자가 상품이 된 것은 새삼스러울 것도 없다. 로마시대 터키의 옛 도시 에베소(에페스)에 가보면 셀시우스 도서관옆 돌길 위에 유곽으로 안내하는 상징적 그림들인 하트나 여자얼굴, 발바닥들이 새겨져 있다. 또 그리스의 고대 항구도시이며 향락의 장소로 유명했던 고린도(코린트)에 갔을 때 앞에 보이는 높은 산 정상에도 그런 업소가 있었다고 했다.

파다웅(Padaung) 여자가 있다는 곳에 다다랐다. 울타리에 천막이 처져 있다. 여자인 내가 여자를 보려고 돈을 내고 천막을 들치고 들어가려니 묘한 기분이다. 이곳에서 3달러는 적은 돈은 아니다. 한데 그 돈은 이 구경거리를 만든 장사꾼에게 돌아간다고 한다. 입맛이 더욱 쓰다.

안에는 여자 둘이 형식적으로 직물을 짜고 있다. 미얀마 홍보 책자나 엽서에서 본 그대로 목에 금속 링을 칭칭 감고서. 아마 우리들 목 길이보다 두 배 이상 길 것 같다. 대개 다섯 살 때부터 링을 걸기 시작해서 성인이 되면 25센티 정도의 링이 쌓인다고 한다. 전쟁이 잦았던 시대에 전쟁에서 패하면 부녀자를 노예로 데려가는 것을 방지하기 위해서라고도 하고, 호랑이로부터 보호하기 위해서라고도 하는데 둘 다 이해가 가지 않는다. 목은 오래 전에 퇴화되어 잘 때도 링을 풀지 않고 반듯하게 누워야만 하며, 만약 링을 풀면 목이 그대로 꺾인다고 한다. 여자가 죄를 지으면 강제로 가차없이 링을 풀어버린다니 목은 이미 신체를 떠난 것이다.

3달러를 내고 그녀를 본다
3달러는 이 나라에서 적은 돈이 아니다.
그러나 그 돈은 그녀를 구경시키는 자의 손으로 들어간다.
차고 미끌미끌한 손
몇 살이세요?
60살
목 아프지 않으세요?
……

낙타처럼 턱을 곧추 든 채 눈동자만 굴리는 그녀

그녀의 삶을 지탱하는 것은
저 시커멓고 흐물흐물한, 이미 죽어버린 목을 치잉칭 감은
스물다섯 개의 링이다

링을 풀면?
그녀의 목이 꺾인다

— 링을 풀면?(미얀마의 파다웅족 여자)

돌아오는 뱃길은 피할 길 없는 햇빛의 폭탄이다. 호수엔 아침보다 사람들이 많이 나왔다. 물 속에서 맨주먹으로 고기 잡는 젊은 남자들, 채소를 가득 싣고 가는 배, 나뭇단을 잔뜩 이고 가는 배. 물 위의 집, 물 위의 사람, 물 위의 사원. 어딘가 다들 물에 불은 모습 아닐까 살펴보는 것도 내 선입견이다. 사람들은 여전히 여위었고 오히려 수분부족처럼 꺼칠하다. 집이 많이 모여 있는 마을로 들어온다. 이런 수상주택은 이웃끼리 서로 도와 반나절이면 집 한 채가 거뜬히 만들어진다고 한다. 한 무리의 여자들이 배를 타고 우리 배로 다가오더니 아무 말 없이 끌어당긴다. 우리는 자연스럽게 은세공하는 기념품 상점으로 들어간다. 귀걸이, 목걸이, 팔찌, 보석함, 브로치…. 각종 물건들이 우리나라 제품과 유사하면서 값도 싸지 않아 다들 그냥 나온다.

파다웅족 여인 : 파다웅족 여자들은 5살경부터 목에 링을 걸기 시작해서 성인이 되면 25개의 링을 달게 된다. 목은 이미 퇴화되어 링을 풀면 목이 그대로 꺾인다.

다음 상점은 직물을 제조하는 곳인데 물레며 베틀 돌리는 모든 작업이 수작업이다. 물레는 주로 할머니들이 돌리고 베틀은 아가씨들 몫이다. 베틀이 백 개가 넘는 공장도 있을 정도로 규모가 크다. 인레는 무명과 실크의 특산지이기 때문에 미얀마에서 소요되는 직물은 거의 이곳에서 생산한다고 한다. 어떤 곳에서는 연줄기를 잘라 줄기를 잡아당겨 늘여서 빼낸 실로 직물을 짜기도 한다. 완성된 물건을 살 때는 한순간인데 만드는 과정은 복잡하고 수고롭다.

오후 한 시가 조금 지났다. 이때쯤 육지사람들은 낮잠에 들 때지만 물과 사는 사람들은 바쁘다. 실을 잣고, 염색을 하고, 수를 놓고, 고기를 잡고. 주방에서는 달그락거리고, 아이들은 재잘거리고, 닭은 시도 때도 없이 목놓아 운다. 다닥다닥한 집 사이에 늘 갇힌 물은 그늘에 절어 시퍼렇게 멍들었다.

하루 분의 놀이가 끝나고 떠났던 곳으로 되돌아온다. 떠났다 돌아오고, 돌아왔다 떠나고, 그러다가 아주 가버리는 것. 그것이 삶 아닌가. 사정없이 피부를 쪼아대는 햇빛. 와르르, 잠이 쏟아진다. 잠이 뜨겁다.

이라와디 강가의 헐렁한 집들 – 만달레이

아침 비행기. 아침 비행이 피곤하긴 해도 처음 딛는 땅에서 시작하는 하루가 고스란히 내게로 온다는 기쁨에 기분이 좋아진다. 사실 여기는 만달레이에서 한 시간 정도 떨어진 아마라뿌라라는 작은 도시인데 미얀마 최고 권력자의 고향이라서 미얀마 제2의 도시인 만달레이 이름을 그대로 붙여 만달레이(Mandalay) 공항으로 부른다고 한다. 규모도 수도 양곤 공항보다 훨씬 크다.

미얀마는 금, 옥, 루비, 티크 원목, 원유 등의 천연자원이 풍부하고 한반도의 3.5배에 이르는 넓은 땅이 비옥해서 농사도 잘 될 뿐만 아니라 인건비가 저렴하여 지금도 서방 열강들이 눈독을 들이고 있다. 사실 미얀마는 내란이 일어나기 전까지만 해도 버마란 국명으로 아시아에서 잘사는 나라 가운데 하나였지만 군부독재의 철저한 쇄국정책으로 지금은 빈민국으로 전락했다. 그러나 전 국민의 90%가 불교도인 불교국가인 만큼 인과를 '믿고' 가 아니라 '알고' 있기 때문에 심정적으로는 넉넉하고 여유로워서 행복지수는 잘사는 어떤 나라보다 높을 것이라고 한다. 그럼에도 불구하고 미얀마는 또한 세계 제일의 마약 생산국이다. 소위 골든트라이앵글이라고 불리는 태국, 라오스, 미얀마 세 나라와 접한 국경지대가 전 세계 마약의 60% 이상을 공급하는 아편 산지다. 이러한 아편 생산과 공급을 지탄하는 국제정세를 우려하여 군부는 마약퇴치운동을 벌이고는 있으나 얽히고설킨 사정 때문에 쉽게 풀리지 않을 것이라고 한다.

점심공양 시간에 맞추어 마하 간디용(Mahagand Yahon) 수도원에 도착, 스님들이 탁발하고 오는 긴 행렬을 기다린다. '마하 간디용'은 '위대한 향이 나는 곳'이란 뜻으로 위빠사나 수행처로써 보통 천 명이 넘는 수행자들이 머물 수 있을 만큼 크고 상주하는 스님도 1,700여 명이나 된다. 일찍부터 와서 기다리고 있는 여러 나라 사람들의 손에 저마다 카메라가 들려 있다. 수행처가 아니라 관광지 같다. 우리도 길가 한쪽에 일렬로 선다. 여자들은 특히 조심해야 한다. 스님의 가사에 손이라던가 몸의 어떤 부분이라도 스치면 그날로 스님은 옷을 벗어야 하기 때문이다. 미얀마는 유난히 남녀차별이 심한 나라다. 비구니 스님의 맥이 끊긴 지도 오래되었고 지금도 아내는 남편에게 날마다 삼배를 올린다고 한다. 어딜 가도(특히 사원은 더욱 그렇다) 앞줄에 남자가 먼저 서거나 앉은 다음에야 여자가 자리잡을 수 있다. 심지어 어떤 곳은 아예 여자의 출입이 금지된 곳도 있다. 부처같이 깨달은 이가 여자를 하대하라 하지는 않았을 텐데….

탁발을 끝낸 스님들이 들어오기 시작한다. 직사각형의 도형으로 줄서서. 사이사이 사미승(20세 미만의 남자 수행승)도 끼어 있다. 무슨 영화촬영이라도 하는 듯 여기저기서 카메라 렌즈가 번득인다. 나는 사진보다 스님들 표정을 유심히 살핀다. 이유는 알 수 없으나 편안한 얼굴이 별로 없다. 한바탕 사진 법석이 끝나고 스

탁발을 끝내고 아스라한 안개 속으로 멀어져가는 스님들

님들이 각자 자리에서 공양중인데도 이방저방 앞으로 가서 사진 찍는 사람도 있다. 심지어 공양중인 사미승 옆에 앉아서까지.

스님들 공양이 끝나면 거지와 개들의 차례다. 공양할 때 남겼다가 이들에게 나누어주고 벌레나 곤충들에게도 나누어주는 것이 이 나라 사람들의 관습이다. 우주에 존재하는 모든 생명체와 더불어 살아간다는 공생의 원리를 실천하는 것이다.

마하간디용을 떠나 몽유아(Monywar)로 가는 길에 호수를 지나는데 호수 위에 티크나무로 된 긴 다리가 보인다. 우뻬인 다리다. 호수 양쪽의 마을을 이어주는 역할을 하기도 하고 승려들의 탁발을 위한 것이기도 한데 2백 년이나 되었지만 아직 튼튼해서 자전거, 오토바이도 씽씽 달린다. 세 시간 남짓 버스가 가는 길은 도로사정이 말씀이 아니어서 글씨를 쓸 수도 없고 책을 읽을 수도 없다. 하긴 아름다운 창 밖의 풍경을 두고 책을 읽는 일은 무모하겠지.

해바라기 들판이 물결치다가 멀리 키 큰 팜트리가 수비병처럼 둘러서기도 하고, 야자수, 바나나나무가 커다란 손바닥으로 땡볕을 가려주기도 한다. 이 나무들은 유용하지 않은 것이 없다. 바나나나무의 열매는 먹고, 잎으로는 지붕을 엮고, 줄기는 물에 넣어 정수작용에 쓴다. 그리고 팜트리는 팜유의 원료가 되는데 재미있는 것은 오후 다섯 시 이전에 즙을 받으면 주스가 되고 그 이후의 즙은 알코올이 되기 때문에 여자들은 낮에, 남자들은 저녁에 즙을 받는다고 한다.

몽유아에 도착해서 백만 불상이 있는 딴보디(Thanbottay) 사원과 세계에서 제일 긴 와불이 누워 있는 쉐따랴웅 사원, 그리고 보리수 5천 그루 아래 5천 좌불을 안치한 보디따따웅(Bawditathaung) 사원을 차례로 들른다. 딴보디 사원은 온통 금색과 붉은 색으로 뾰족뾰족, 동글동글해서 마치 요정의 나라 같다. 실내 구석구석에 크고 작은 불상들이 가히 백만은 되겠으나 숫자만 채우려 했던 듯 좋

우뻬인 다리. 2백 년 전의 다리지만 지금도 이용된다. 1.2킬로미터에 달하는 이 다리는 984개의 티크목을 사용하여 만들었다고 한다.

ⓒ김상훈

은 모습은 거의 찾아볼 수 없다. 반 바퀴쯤 돌다가 너무나 눈이 현란해서 밖으로 나와 나무 아래서 쉰다. 마침 사과장수가 있어서 연둣빛 그 맛을 보니까 새콤달콤 맛있다. 크기가 작아서 대추사과라고 부르는데 많이 먹으면 배탈이 난다고. 역시 탐심은 버려야.

쉐따랴웅 사원의 와불은 길이가 무려 120미터나 되지만 길이만 대단할 뿐 이 역시 예술미는 없다. 그러고 보면 미얀마 사람들은 숫자상으로나 크기로나 거대한 것을 좋아하나 보다. 말이 백만이지 실은 엄청난 수가 아닌가.

보리수 한 그루 아래 좌불상 하나씩을 앉힌 보디따따웅 사원

혜호 가는 길의 들판 풍경. 맑고 푸른 하늘과 나지막한 언덕, 한가롭게 풀 뜯는 소떼, 수확하러 가는 여자들의 모습이 평화롭다.

은 발상이 재미있다. 가이드 말대로 불상 하나씩을 수호 부처로 삼아 한 사람씩 그 앞에 앉아서 수행하면 좋은 수행센터가 되겠다.

이른 아침에 몽유아를 떠나 다시 만달레이 쪽으로 온다. 또다시 긴 버스여행. 바깥은 어제와 비슷한 풍경이다. 한낮에 마당에서 노는 것은 닭들뿐. 소는 문간에 묶여 있고, 사람들은 집안에 담겨 있고, 개는 모로 누워 낮잠에 골똘하다. 이곳의 개들은 대체로 나른하게 누워 있다. 잘 짖지도 않고 눈동자도 풀렸다. 기후 탓인가.

나무가 많은 고장이다 보니 작은 휴게소와 가게에도 등나무로 만든 의자며 테이블이 흔하다. 고급 호텔이 아니더라도 방문이나 출입문이 묵직한 티크나무다. 비옥한 평야가 계속되고 강가에는 안개가 풍경을 치마폭에 휘감고 내주지 않는다.

만달레이에 가까워질수록 번화해진다. 학교, 약국, 빵집, 은행…. 이 나라는 자동차 번호판까지도 아라비아 숫자가 아닌 미얀마 글자인데 여기 와서 처음으로 영어로 쓴 간판을 본다. 높은 곳에는 반드시 탑이나 사원을 세웠다. 경배의 뜻이다. 길가에 방갈로같이 생긴 초등학교 마당에 학생들과 선생님이 똑같이 초록색 유니폼을 입고 논다. 아이들이 있는 곳은 언제 어디서나 자자하다.

버스가 방향을 틀자 갑자기 견고하고 우아한 건물이 나타난다. 붉은 벽돌의 은은한 빛깔이 해자에 비쳐 아름답다. 이것은 민돈 왕이 1859년에 축성한 성으로 성곽의 보호막인 해자에 움직이는 다리를 놓아 외부의 침입에 대비했으나 영국과 일본의 점령으로 별로 사용해 보지도 못하고 그들의 주둔지가 되었고 지금도 미얀마 군대의 군사기지로 이용되고 있다고 한다. 버스가 성벽의 모퉁이를 휘감고 도는 동안 나는 침묵 속에 새겨진 붉은 언어를 해독해 보느라 눈을 감고 전쟁의 한순간을 떠올려 본다. 비릿하다.

만달레이는 '우주의 중심' 이라는 뜻이며 양곤 다음으로 큰 도시다. 양곤은 행정도시고 만달레이는 이른바 경제도시. 중국과 인접해 있어서 일찍부터 무역통로로써 발전했으며 내륙 중심부에는 산악민족을 위시하여 소수민족들이 살고 있다. 민돈 왕이 아마라뿌라에서 이곳으로 천도하여 왕궁을 짓고 도시를 건설했지만 30년도 못되어 영국의 식민지가 된 아픈 장소다.

만달레이 외곽에는 이라와디(Irrawaddy) 강의 품속에 폭 안긴 사가잉 언덕이 있다. 바간 왕조가 막을 내린 1315년경 이곳에 타가웅 왕조가 막을 연다. 그러니까 몽고 침입이 끝난 직후쯤 되겠다. 그때 남부와 북부, 여기저기서 새로운 왕국이 들고나던 시기

였지만 여전히 탑은 올라가고 사원은 세워져서 사가잉(Sagaing) 언덕 곳곳이 희끗희끗 번쩍번쩍하다.

지금 내가 들어온 우민똔세(Uminthouzeh) 파고다는 우민똔세 왕이 45세 되던 해에 자신의 나이에 맞춰 45좌의 불상을 모신 곳이고 쏸우 뽕야신 탑은 붓다가 토끼, 거북으로 살았던 전생시절의 전생담이 깃든 곳이어서 축제 때 사람들이 가장 먼저 쌀 공양을 하는 곳이다. 그래서 탑 이름을 '쌀' 이라는 '쏸' 과 '가장 먼저' 라는 뜻의 '우' 를 따서 '쏸우' 라고 하였고 '뽕야' 는 이 탑을 세운 사람의 이름이라고 한다. 이 탑 꼭대기는 전망대 같아서 사가잉 언덕과 이라와디 강이 한 번에 쓰윽 읽힌다. 한낮인데도 아직 안개는 지평선에 걸려 있고 그쪽의 울창한 나무들이 마치 하늘로 뭉게뭉게 피어오르는 구름 같다. 젖과 꿀이 흐르는 땅은 아니더라도 넓고 기름진 땅이라는 사실이 확연하게 느껴진다.

민군(Mingun) 대탑을 보러 선착장으로 가기 전 일정에 없는 곳 한 군데를 갔는데 지나쳤으면 썩 아까울 뻔했다. 만달레이 왕궁을 지은 민돈 왕의 부인이 헌납했다는 쉐이진짜웅 사원. 몽유아에서 울긋불긋 번쩍이는 불상과 탑만 보다가 티크나무 일색으로 장중하게 비껴 올라간 사원의 지붕이며 넓은 마루에 굵직굵직한 기둥들을 보면서 이런 곳도 있구나 감탄한다. 무게만 있는 것이 아니라 쪽문마다 조각한 인물상은 섬세하고 우아하다. 왕가의 재력 아니면 지을 수 없었겠다. 한참 있고 싶은 장소를 오랜만에 만

ⓒ라상호

쉐이진짜웅 사원 : 티크 원목으로 장중하게 올린 사원이 웅장하면서도 섬세하다.

났지만 배 타러 갈 시간이 되었다. 나는 제일 마지막으로 버스에 오른다.

이라와디 강은 바다처럼 넓어서 수평선이 아득하다. 파도만 친다면 바다인 줄 알겠다. 좀처럼 바람 맞을 기회가 없다가 나는 바람에게 실컷 바람 맞는다. 풍경이 저절로 시가 된다.

쉐이진짜웅 사원의 문 장식. 사원 기둥이나 문에 아름답고 정교한 인물상이 조각돼 있다.

쉐이진짜웅 사원의 불상.
작으나 원만한 불상이다.
문 장식 또한 정성을 들인
조각임을 알 수 있다.

이라와디 강은 바다 같다
파도만 친다면 바다인 줄 알겠다
오늘, 하늘과 물은 한통속으로 뿌옇다
빈 하늘을 이리저리 재단하며 한 무리 새들이 휘젓고 다니고
제비는 수면 위로 물과 몸 비비며 사악삭 미끄러진다

그물 당기는 사람, 그림자처럼 어둡다
석기시대 주거지 같은 들판의 움집들이
뻐끔뻐끔 담배라도 피우는지 연기가 샌다
빨랫줄에 꿰인 새빨간 옷 한 자락이 펄럭펄럭
아까부터 무슨 신호를 자꾸 보낸다

우기가 되면 집도 모래도 사라지고
한바탕 씻고 씻기고 나면 다시 또 모래가 쌓이고
떠돌던 사람들이 찾아들고 헐렁한 집이 삐그덕거리고
시간은 또 그렇게 강과 사람과 나무와 하늘
세상 모든 것들을 부추기며 흐른다
삶이 구절구절 흘러간다.

– 이라와디 강

큰 배 하나를 작은 배 둘이 끌며 밀며 간다. 큰 배에서 붉은 천막이 너풀거린다. 집시들의 처소다. 갑판에 앉아 안경 낀 한 사람이 그릇을 닦으며 우리를 바라본다. 그의 손에서 빙글빙글 돌아가는 스테인리스 그릇이 번쩍번쩍 윤난다.

배가 멀리 나갈수록 집은 슬며시 사라지고 넓고도 긴 모래언덕이 강과 가슴을 맞댄다. 물살은 빨라지고 물빛은 깊어진다. 나는 그늘 속에 있는 데도 눈이 따갑다. 눈을 감고 따끔따끔한 살갗의 소리를 듣는다. 배경으로 물소리 철썩거린다. 배가 봄날의 나른한 졸음처럼 스르르 선착장으로 미끄러져 들어간다.

청하지도 않았는데 여자들 한 무리가 마중 나와 환호한다. 어쨌든 기분이 좋다. 환영받는다는 것은. 이 머나먼 낯선 곳에서 누가 나를 저렇게 기를 쓰며 환영해 주겠는가. 우리가 내리자마자 여자들은 언니, 오빠 하면서 하나씩 꿰찬다. 10대~20대 사이의 어린 여자들이 영어 조금, 한국어 조금 섞어가며 자신이 선택한 손님에게 부채도 부쳐주고, 화장실도 안내하고 그러면서 잊지 않고 자기들의 목적을 내민다. 그림엽서, 부채, 팔찌, 목걸이, 자 등을 사라고. 물건을 사든 안 사든 봉사료(?)는 주어야 한다고 가이드가 미리 귀띔해 주었으므로 나는 나의 16살짜리 시봉녀 '자자' 에게 팔찌와 목걸이 열개를 샀더니 입이 함박꽃이다. 그 대목에서 '자자' 를 따돌리고 그제야 찬찬히 민군 대탑을 바라본다.

거대하다. 작은 나는 더 작아진다. 기교 없이 쌓아 올린 전탑은 기교가 없어 더욱 압도적이다. 전탑으로는 세계에서 가장 큰 탑. 역시 또 세계 제일. 앞과 옆구리가 툭툭 터진 곳은 지진 때문인데 일부 파손되었어도 위용은 살아있다. 나는 원형이 잘 보존된 혹은 번듯하게 복원해 놓은 유적이나 유물보다 일그러지고 상처나고 폐허가 된 것들에게서 더욱 감동을 받는다. 상상의 여백이 있어야 더욱 신비롭지 않은가. 전에는 대탑의 층계를 통하여 올라갈 수 있었다는데 지금은 붕괴 우려 때문에 금지되었다.

높이 150미터의 이 탑은 보도페야 왕이 1790년에 축조하다가 미완성으로 그친 것이다. 욕심에 눈이 멀었던 왕은 열악한 환경과 혹독한 노역 때문에 노동자들이 인도로 도망가자 그들을 추격하다 인도 국경을 침범한다. 이것이 당시 인도를 점령하고 있던 영국군에게 침략의 빌미가 돼서 영국과 세 차례 전쟁 끝에 결국 영국의 식민지로 전락, 미얀마는 백여 년간 영국의 통치를 받게 되었던 것이다. 한 사람의 부질없는 야망이 종국에는 한 나라의 멸망을 초래한 산 증거로 민군 대탑은 보는 이를 숙연하게 한다.

탑 주변 강가에 엉덩이와 머리 일부만 남은 사자상이 눈길을 끈다. 이것 또한 덩치가 보통이 아니고, 그 뒤쪽의 범종은 세계에서 두 번째로 크다는데 무게가 87톤, 높이가 3.7미터. 치면, 덩치와 걸맞게 굵고도 낮은 소리를 낸다. 미얀마 사람들은 욕심은 없다는데 세계 최고 높이의 전탑, 최대 길이의 와불, 최다의 탑과 불상을 만든 것을 보면 최고를 매우 좋아하는 것 같다. 이 종을 만들었던 기술자들은 기술이 새 나갈 것을 우려한 왕의 우매함으로 모

미완성 민군 대탑 : 전탑으로는 세계에서 제일 큰 민군 대탑.
높이 150미터의 이 탑은 1790년, 보도페야 왕이 축조하다가 그친 것이다.

두 죽임을 당했다고 한다. 이래저래 민군 유적지는 씁쓸한 기운이 도는 곳이다.

돌아가려고 다시 배를 탄다. 어디 있었는지 영접하던 여자애들이 몰려나와 손을 흔든다. 예의를 차리니 고맙다. 뱃길이 우르르 저녁을 몰고 간다. 와락 어둠이 덮친다.

만달레이 힐 리조트 호텔은 참 예쁘다. 붉은 벽돌로 지은 페르시아풍의 건물이 굳은 근육을 풀어 준다. 나는 중동지역에 가면 마음의 모서리가 둥글어지는 것을 느낀다. 여기저기 솟은 이슬람 사원의 돔과 아치형 문, 머리서부터 발끝까지 쓰고 입은, 아니 둘둘 걸친 헐렁한 의복, 그들의 유난히 크고 둥근 눈, 예배시간마다 메카를 향하여 엎드리는 등판들, 그리고 사막 언저리의 무수한 알알의 모래 알갱이들. 그래서 그런지 호텔에 들어서는 순간 포근했다. 내 얕은 잠이 오늘밤은 깊어질 것 같았다.

밤에 널찍하고 얕은 창문을 활짝 열고 가슴을 내밀어 밖을 본다. 붉은 담을 가만가만 타고 오르는 담쟁이가 불빛에 쪼여 따뜻해지고, 정원 가운데 수영장에 그득한 물은 달빛과 별빛에 씻겨 말갛게 반짝인다. 지금 겨울이 아니라면 아직 잠들지 않고 파닥이는 저 물에 뛰어들어 함께 첨벙거리고 싶다. 별은 방으로 쏟아져 들어올 듯이 가깝고 별을 헤치며 문득 피터팬이 내게 날아들어 올 것 같다. 어서 오렴. 하룻밤 나하고 놀지 않겠니?

탑에 둘러싸이다 – 바간

오늘은 미얀마 여행의 하이라이트라는 바간으로 가는 날이다. 나는 기내에서 계속 이것저것을 상상하면서 잔뜩 기대에 부푼다. 또 무엇이 가슴을 칠 것인가. 공항에 내리자 한껏 달구어진 내 열기와 막 떠오르는 태양의 열기로 안팎이 후끈하다. 나는 더운 마음을 그대로 안고 버스에 오른다. 보이는 사물이 다 뜨겁다.

금강산도 식후경이라고 먼저 난다 식당에서 아침식사를 한다. 식당 입구는 벽돌로 아치 모양을 만들고 별장식을 달았다. 베들레헴 같은 느낌이 든다. 여기는 불국토인데? 정원도 아름답고 실내 분위기도 근사해서 출발부터 기분이 좋다. 음식은 어떨지 몰라도. 바간은 미얀마의 중앙에 위치하는데 음식은 거의 중국식이다. 남쪽의 양곤도 그렇고. 일단 바나나와 튀김이 나오고 해바라기 기름을 듬뿍 쳐서 볶은 요리가 주류를 이룬다. 그리고 디저트로 메론과 파파야. 다행히 배추나 상추, 토마토 같은 야채가 곁들여져서 함께 먹을 만하다. 토마토는 크기가 작으면서 맛이 있어서 여자들에게 인기다. 아침식사이기 때문에 간단히 마치고 드디어 탑들에게로 간다.

바간(Bagan)은 미얀마 역사상 최초의 통일국가다. 미얀마 역사를 보면 약 5천 년 전부터 이곳에 사람이 살기 시작하였다고 한다. 남부와 북부의 여러 왕조가 통일과 분열을 거듭하다가 1050년

최초의 통일국가 바간 왕국이 태어난다. 이 왕조가 이 시기의 이른바 노른자위. 어느 시대, 어느 나라의 역사를 보더라도 그 진행 과정이 비슷하듯이 미얀마도 혼란기에 아노라타라는 한 걸출한 인물이 등장한다. 통치능력이 뛰어난 그는 국력을 키우며 당시 숭배되던 밀교풍의 불교와 힌두교, 토속신앙을 배제하고 상좌부 불교(남방불교, 근본불교, 원시불교)를 받아 들여 불교 부흥의 기틀을 마련한다. 4백만 기의 불탑을 조성할 정도로 막강한 국력과 불교문화를 이룩하던 바간 왕조도, 그러나 1287년 몽고의 쿠빌라이 칸에게 복속하게 된다.

400만 개라니? 선뜻 믿어지지 않는다. 하여튼! 나는 지금 남아 있는 2,500개의 불탑을 휘~이 둘러본다. 물론 한눈에 다 보이지는 않지만 눈의 적재량 초과는 머리와 마음에게 맡기고. 탑들은 사방팔방, 아니 방위 없이 솟아 있다. 하늘을 향해 있는 것도 같고, 땅을 내려다보고 있는 것도 같다. 향함이 없다. '그냥 있다.' 천 년 동안. 모두가 붉은 전탑으로 꼭대기에 일산(日傘 : 햇볕을 가리기 위해 한데다 세우는 큰 양산)을 쓴 것은 완성된 탑이고 없는 것은 완성되지 않은 것이라는데 일산이 없으면 하루종일 몹시 뜨겁겠다. 붉은 흙 위에 푸른 나무들이 우거지고 붉은 탑은 그 사이사이로 우뚝우뚝 자랐다. 흙이 나무를 기르듯이 탑 또한 키운 것 같다. 탑이라고는 해도 상륜부만 뾰족하고 몸은 워낙 크다 보니 둥그스름하다. 삼각형의 구도라기보다 원추형에 가깝다. 그래서 부드럽고 따라서 푸근하다.

탑 신앙의 유래는 붓다 열반 후 사리를 모신 사리탑에서 시작된다. 불사리 탑들은 원래 재가자들에 의하여 관리되고 공양되었으나 차츰 승려들도 참여하게 되었다. 바간 왕조의 깊은 불교 신앙은 앙라웅시뚜 시대에 남긴 비문에 역력하다.

'지금 여기에 보시한 공덕으로 우리가 원하는 바가 있다면 중생을 유익하게 하는 것이 최상의 소망이다. 이 공덕으로 우리가 바라는 것은 제천(諸天 : 모든 하늘. 불교에서 이르는, 마음을 수양하는 경계를 따라 나눈 여덟 하늘)과 같은 쾌락이 아니라 오직 윤회의 강을 건너 곧고 참된 도를 닦는 것이다. 바라건대 모든 중생이 이 공덕으로 윤회의 강을 건너 피안에 이르기를.'

참으로 공덕이 넘치는 구절이다. 붓다와 같은 마음이다. 이 구절을 가이드가 우리에게 미얀마 말로 읊어 주었을 때 그 리듬이 살아나 더욱 자비로움의 숨결이 느껴졌다.

바간의 무수한 탑 가운데 먼저 금빛 찬란한 쉐지곤(Shwezigon) 탑으로 간다. 미얀마의 탑과 사원 가운데 금빛 나는 것은 실제가 다 금을 입힌 것이라고 한다. 어떤 것은 기둥마저도. 높이가 48미터나 되는 이 탑의 외장이 다 금이라고 해서 놀랐는데 마지막에 볼 양곤에 있는 쉐다곤 파고다는 훨씬 더하다는 말을 듣고는 모두 어리둥절한 표정이다.

바간의 크고 작은 탑들.
바간 왕조 전성기에는 400만 개에 이르렀다고 하나
지금은 2,500여 개가 남아 있다.

탑과 사원, 붓다가 모셔진 곳은 어디든지 맨발로 가야 한다. 불상이 맨발이기 때문에 참배하는 사람은 당연히 양말을 벗어야 하는 것이다. 그래서 우리의 가이드는 재치 있게 맨발을 '정장 차림' 이라고 말한다. 그것이 예의를 갖추는 차림이므로. 미얀마 여행에서 필수품은 샌들, 혹은 슬리퍼다. 관광의 대부분이 탑과 불상이므로 번번이 신발 벗고 신는 일이 그야말로 일이기 때문이다. 호텔에 돌아올 때쯤이면 모두가 까마귀 발바닥이다. 호텔에 들어오면 종업원이 물티슈부터 내미는 이유를 이제야 알겠다.

쉐지곤 탑은 1085년에 세워진 탑으로 바간 양식 가운데 가장 오래된 것이다. '쉐지곤' 의 뜻은 '황금빛 모래언덕' 이라는데 쉐지곤 경내로 들어가는 입구는 모래언덕 대신 기념품 가게가 빽빽하다. 탑으로 가고 있는지, 시장으로 가고 있는지 모를 정도로. 바쁘게 돌아가는 눈동자를 데리고 탑에 다다르자 그 거대한 규모와 무게가 어깨를 누른다. 5년에 한 번씩 개금을 한다는데 방금 개금한 것처럼 말끔하고 반들반들하다. 드넓은 경내에는 청동불상이 사방에 있다. 미얀마의 거의 모든 탑에는 사방에 가섭불, 구류손불, 구나함모니불, 석가모니불의 네 불상을 모신다.

한 바퀴 돌아나오다 보니까 탑의 정면 바로 아래 물구멍이 있고 찰랑찰랑 물이 고여 있다. 앉아서 들여다보면 탑의 꼭대기 부분이 노랗게 비친다. 전해지는 얘기로는 왕이 참배하러 왔을 때 왕관 때문에 위를 쳐다볼 수가 없어서 물에 비치는 탑을 보고 참배하기 위하여 만든 것이라지만, 그보다는 일종의 측량도구였다는 것이 더 사실적이다.

쉐지곤 탑의 아홉 가지 불가사의라는 것 가운데 몇 가지만 보면 탑 꼭대기의 우산 주변에 어떤 지지대도 없다는 점, 한쪽에서 친 북소리가 반대쪽에서는 전혀 들리지 않는다는 점, 폭우가 쏟아져도 경내에 물이 고이지 않는다는 점, 계절에 관계없이 나무가 울창하다는 점 등. 그만큼 당시의 건축 기술이 세밀하고 우수하며 완벽했다는 것을 입증하는 것이다. 쉐지곤 앞에서만 계속 감탄하고 있을 수는 없다. 탑들이 줄줄이 기다리고 있지 않은가.

틸로밀로 탑은 바간의 탑들 가운데 가장 아름다운 탑으로 꼽힌다. 틸로밀로의 의미는 '우산의 뜻대로' 인데 이것 또한 사연이 없을 수가 없다. 이 탑을 세운 나다웅마 왕은 부인과 자식이 많아서 후계자를 정하기 어렵게 되자 왕자들을 모두 모아놓고 우산을 공중으로 던져 그 꼭지가 가리키는 왕자를 후계자로 삼았다고 한다.

불그레한 탑의 외벽은 적당히 낡고 퇴색되어서 대단히 고풍스럽다. 거기 새겨진 문양 또한 섬세하고 아름다워 쉬 발걸음이 떼어지지 않는다. 사원의 모서리마다 사원의 수호신으로 '오카' 라고 하는 사자와 비슷한 동물을 조각해 놓았는데 어금니까지 다 드러내고 입에 꽃을 물고 있는 모습, 또는 양손을 엉거주춤 잡고 있는 모습이 신이라기보다는 귀여운 개구쟁이 같다.

마누하(Manuha) 사원을 지은 마누하는 아노라타 왕이 미얀마

'황금 모래언덕'이라는 뜻의 쉐지곤은 초기 바간 불탑의 전형으로 알려져 있다. 높이가 48미터, 외장은 다 금이다.

를 통일하기 전, 타톤의 왕이었다. 당시 타톤은 불교왕국으로 바간 왕국에 불교를 전파하였다. 바간의 아노라타 왕은 불교를 바간의 정신적 구심점으로 삼을 생각으로 마누하 왕에게 경전 복사를 요청하였지만 거절당한다. 결국 이것을 빌미로 아노라타는 전쟁을 일으켜 타톤을 정복하고 마누하를 감옥에 가두었다가 불교를 전파한 공적을 감안하여 7년 뒤 석방한다. 마누하는 바간에 사원을 만들어 자신이 감옥에서 지냈을 때의 참담함을 상징적으로 묘

틸로밀로 사원의 탑은 바간의 탑 가운데 가장 아름다운 것으로 꼽힌다. 낡고 퇴색된 외벽이 대단히 고풍스럽고 거기 새겨진 문양 또한 정교하다.

사해 놓았다. 이를테면 사원 입구에 들어서자마자 마주치게 되는 불상을 벽과 천장에 꽉 들어차게 만들고 사원 뒤쪽에 거대한 와불 역시 비좁은 공간에 안치하여 답답함, 초조함을 나타냈다. 중앙 홀 한쪽에는 마누하 왕과 왕비의 좌상이 우두커니, 그저 우두커니 앉아서 허공을 본다. 왕은 감옥에 갇힌 신세고 왕비는 탑 불사에 동원되었다니 삶의 무상을 되새기며 저렇게 막막하게 앉아 있는 것이 아닐까.

마누하 사원에서 조금 떨어진 곳에 남파야(Nampaya) 사원이 있다. 바로 이곳이 마누하 왕이 갇혀 있었다는 감옥인데 벽돌로 만든 바간의 무수한 탑들과는 달리 사암으로 지었다. 좁고 컴컴한 내부에서는 천장의 창문을 통해 희미하게 들어오는 빛으로 겨우 사물을 구분할 수 있는데 사방에 기둥이 있고 기둥 사이 벽마다 힌두의 창조신 브라흐마를 비롯하여 여러 신들이 매우 사실적으로 조각돼 있다. 불교왕국에서 느닷없이 만난 힌두신의 은밀한 모습에 나는 당황한다. 힌두사원이라. 그렇지. 아노라타 왕 시대에 바간에는 밀교와 힌두교가 성행했다고 하지 않았나. 힌두사원에도 불상은 있다. 인도에서 불상의 의미는 '신'이었기 때문에 하나의 신으로서 힌두신과 함께 배치했으나 미얀마에서는 붓다를 '스승'으로 생각하기 때문에 모시기는 해도 신격화하지는 않는다.

이제 우리는 마지막으로 바간의 세 번째 왕 짠씻타(쉐지곤 탑을 완성한 왕)의 걸작, 아난다(Ananda) 사원으로 간다. 1091년에 완공된 이 사원의 탑은 초기의 탑 형식을 벗어나 파격적인 변형을 꾀한 탑이다. 인도의 벵갈지방 사원 양식을 따온 것이라는데 당시 인도에서 무슬림의 침공으로 불교가 쇠퇴하면서 많은 승려들이 주변국으로 이주함에 따라 미얀마에도 승려와 건축양식이 들어왔을 것으로 추측한다.

아난다 사원은 뾰족한 탑이 유난히 많고 벽마다, 입구마다 조각이 화려하다. 규모 또한 방대해서 총 면적이 약 50평방미터, 높

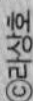

마누하 왕이 갇혀 있었던 남파야 사원 안에 조각된 힌두신. 밀교와 힌두교가 성행했던 시대에 만들어졌다.

ⓒ김상훈

아난다 사원은 바간의 사원 가운데 가장 규모가 크며 화려하다. 벽에 감실을 만들어 550좌의 불상을 모셨다.

이가 약 50미터에 이르며 사방 입구에는 9미터에 달하는 입불을 세웠는데 건립 당시의 불상 4좌 가운데 2좌는 몽고침입 때 소실되고 2좌는 후대에 다시 세운 것이라고 한다. 원래는 모두 인도양식이었으나 재건립할 때 미얀마양식으로 바뀌었다.

동서남북의 불상 가운데 북쪽의 불상은 유일하게 건립 당시의 원형으로 보존되고 있어서, 그리고 세계에서 가장 원만한(불상에는 아름답다는 표현을 쓰지 않는다) 상호로 꼽혀서 더욱 가치가 있다. 특이한 것은 턱밑에서 가까이 보면 뭔가 마땅치 않은 표정인데 10미터쯤 떨어져서 보면 활짝 웃는 모습이다. 이렇게 다를 수가! 웃는 얼굴이 좋아서 나는 멀리서 보고 또 본다. 어린아이처럼 티없는 웃음에 나도 절로 웃음이 나온다.

각 방향의 입구는 '드라와발라' 라고 하는 정령이 지키고 있다. 한데 이 정령신은 대단히 관능적인 자태여서 수호한다기보다 유혹한다는 느낌이 더 강하다. 넓은 경내에 흐드러진 진분홍 부겐베리아 또한 사람들을 유혹한다.

아난다 사원의 전체적인 이미지는 캄보디아의 앙코르와트와 비슷하다. 그보다는 좁고 훨씬 덜 섬세하지만. 거슬러 올라가보면 머나먼 대륙 사이에도 문물은 오가고 사람의 심장은 함께 뛰었을 것이다. 하물며 인접한 국가끼리야 밥상에 놓인 수저까지도 훤할 터. 엄밀히 말하면 이럴 것이다. 태초의 것 아니면 독자적, 창조적인 것은 부재하다고.

몇 개의 탑과 사원을 둘러보는 동안 날이 저문다. 노을이 번지는 바간의 드넓은 평원에서 조금이라도 하늘에 가까이 다가가기 위하여 좀더 높은 곳 밍글라제디탑으로 간다. 이 탑은 낮에 왔었지만 노을을 더 잘 보려고, 저녁을 더 아름답게 맞이하려고 다시 왔다. 이 탑은 바간의 마지막 왕 나라티하파티가 세운 것인데 이 왕이 얼마나 허영심이 많은가를 알 수 있는 내용이 비문에 남겨져 있다. 300가지의 반찬으로 밥을 먹고 3,600만 군사를 거느렸다고 했는데 당시 바간 인구가 50만 명이었다니까 이쯤 되면 허영심 정

아난다 사원의 북쪽 불상.
아난다 사원의 4개 불상 중
가장 원만한 불상으로 꼽힌다.
이 불상은 멀리서 보면 이렇게
웃는 얼굴이나 가까이서 보면
못마땅한 얼굴로 보인다.

가까이서 보았을 때
못마땅한 모습의 북쪽 불상.

도가 아니라 황당하다.

탑으로 올라가는 계단이 만만치 않다. 처음엔 완만하다가 중간 부분부터 가파르기 시작하여 경사가 거의 수직에 이른다. 그래도 난간이 있어서 잡고 올라가면 다소 수월한데 다른 방향의 계단에는 난간도 없다. 보상에는 항상 수고가 따르는 법. 숨차게 올라와 바라보면 바간의 탑들이 한꺼번에 눈에 들어온다. 일종의 전망대 역할을 하는 것이다. 일몰이 오후 다섯 시쯤이지만 한 시간도 전인 지금 밍글라제디 테라스에서는 사진이 잘 나올만한 자리를 차지하려고 사람들이 은근히 경쟁을 벌인다. 나도 계단 바로 옆자리에 진을 친다. 카메라 없이 눈으로, 마음으로 석양의 바간을 찍을 참이다. 석양을 가장 잘 볼 수 있는 바간의 마지막 탑이 바간의 마지막 왕이 지은 바로 이 밍글라제디며 그 뜻 또한 '안녕' 이라고 하니 참 절묘하게 맞아떨어지는 착안이다.

다섯 시가 훨씬 지나서야 하늘이 붉어지기 시작하더니 탑 너머로 깜빡 사라지고 만다. 아쉬웠다. 보내지 않는데 가 버리는 사람처럼 그렇게 해는 갔다. 돌아가는 해가, 날이면 날마다 반복되는 황혼이 오늘은 유난히 뭉클하다. 공연히 슬픔이 번져와 나는 이렇게 적어본다.

노을이 운다
사람보다 먼저 하늘이 운다
강가의 탑이 울고 탑 그늘의 보리수가 울고

보리수 가지에 매달린 잎들이 운다
나무 아래 서성거리는 내 우두망찰도 덩달아 글썽인다

-사람보다 먼저 노을이

일몰을 보느라 전망이 일품이라는 이라와디 강변의 식당에 늦게 도착하는 바람에 아무 경관도 볼 수 없었다. 옆구리가 강인데 서늘한 기운만으로 강바람이려니 하면서 열심히 밥만 먹는다. 민속공연이 화려했지만 내용을 전혀 알 수가 없고 춤은 태국이나 중국, 캄보디아의 춤보다 역동적이다. 이것저것 섞은 퓨전 같기도 하고.

바간의 하루는 이렇게 끝났다. 뭔가 자꾸 빠뜨린 것 같아서 호주머니도 뒤져보고 가방도 뒤져본다. 아쉬움이란 놈이 여기저기 웅크리고 앉아 눈을 끔벅이고 있다.

쉐다곤은 붓다와 제자들의 만남의 장소다 – 양곤

저녁 비행기를 타고 미얀마에 처음 발을 디뎠던 양곤(Yangon)으로 돌아온다. 떠돌다 집으로 돌아온 느낌이다. 항구도시 양곤은 예전에 '랭군'으로 불리던 미얀마의 수도로 '싸움이 끝난 곳'이라는 의미다. 우리는 국내선을 네 번 탔는데 한 번도 연착된 적이 없다. 가이드 말에 의하면 대단한 축복이라고. 두 시간에서 네 시간 연착은 보통인데 네 번이나 제시간에 떠날 수 있었던 게 오히려 비정상이라고. 사소한 일 같아도 시간에 따라 그날의 일정이 좌우되고 기분도 따라서 달라질 수 있기 때문에 복이라면 복이겠다. 여행 와서까지 시간에 연연해야 한다는 건 비극이다. 하여튼 네 번씩이나 배터지게 복을 받은 우리는 푹 쉬고 시내로 나온다. 한 나라의 수도, 거기서도 중심가인데 차가 별로 밀리지 않는다. 서울에서 하도 차에 시달리다가 갑자기 썰렁한 도시를 만나면 오히려 이상할 정도다. 차량이 적은 대신 오래된 차가 많아서 매연이 한몫한다. 하늘 아래 공평한 것도 없고 불공평한 것도 없다더니. 그래도 휘영청 야자수가 우거졌다. 야자수 사이로 구름이 뜨끈뜨끈한 이불을 펼친다. 벌건 대낮에.

미얀마의 보물 중 보물, 쉐다곤(Shedagon) 파고다를 먼저 알현한다. 이 탑에는 구구절절 사연이 많다. 우선 그 규모부터 말하지 않을 수 없는데 무려 98미터 높이다. 거기에 탑을 둘러싼 크고 작은 전체 사원의 면적이 약 1만 평. 더욱 놀라운 것은, 아니 경이로운 점은 탑의 전신을 금판으로 덮은 것이다. 자그마치 60톤의 무게로. 뿐만 아니라 꼭대기 부분은 73캐럿 짜리 다이아몬드를 비롯해서 온갖 보석이 박혀 있고 사원기둥들도 금을 입혔다는 대목에서 나는 그만 아연실색한다. 도대체 얼마나 금이 쏟아지기에. 얼마나 불심이 깊고 깊기에. 지금 미얀마가 쇄국정책을 하기 망정이지 개방된다면 세계 각국의 대도(大盜)들이 모여들 테고 그렇게 되

바간의 밍글라제디 사원에서 맞이한 일몰. 이곳에서의 일몰 광경이 일품이라고
각국에서 관광 온 사람들이 사진을 찍기 위하여 해지기 전부터 모여들기 시작한다.

ⓒ테마세이투어

양곤에 있는 쉐다곤 파고다. 높이 98미터에 이르는 탑의 전신이 다 금이다. 소요된 금의 무게가 60톤에 이른다고 한다. 탑의 꼭대기 부분은 다이아몬드를 비롯해서 갖가지 보석으로 장식했다. 이 쉐다곤 파고다는 미얀마 사람들의 정신적 지주의 상징이다.

면 곳곳에 널린 금탑과 금불상들이 온전할 수 있을까.

쉐다곤 파고다의 기원은 2,500년 전 붓다 생존시로 올라가 지구상에 유일하게 불발(佛髮 : 부처의 머리카락)을 모신 사리탑이라고 전해진다. 물론 그때부터 지금의 모습은 아니고 15세기 한타와리 왕조의 신소부 여왕이 자신의 몸무게만큼 금을 보시하면서 후대의 왕들이 금으로 덮기 시작하자 신분에 관계없이 막대한 양의

쉐다곤 파고다의 약 1만여 평에 이르는 경내는 한 번에 둘러보기에 힘들 정도로 넓다. 이곳은 미얀마 사람들의 참배와 휴식의 장소이기도 하다.

금이 보시되어 이룩된 것이라고 한다.

쉐다곤 파고다가 있는 싱구타라 언덕은 우기에 탑이 훼손될 것을 방지하기 위하여 호수에서 물을 퍼올려 반인공적 언덕을 쌓고, 사방에 출입구를 낸 다음 탑까지 장대한 회랑(회랑에도 온갖 조각과 장식이 돼 있다)을 만들어서 참배객들이 계절과 관계없이 드나들 수 있도록 세심한 배려로 건축되었다. 들어가보지 못했지만 경내에 있는 박물관에는 기증된 금, 은, 보석, 유물들이 엄청나다고 한다. 이

양곤에 있는 쉐다곤 파고다.
밤에 본 모습은 낮과 또 다른 느낌을 준다.
이 파고다는 미얀마의 보물 중 보물로 높이 98미터에 이르는
탑의 전신을 60톤의 금으로 덮었다.

렇게 금을 쌓아 올리고도 남아 있다? 이쯤 되면 불가사의다.

하도 넓어서 다 돌아보았는지 알 수 없지만 몹시 피곤하다. 지붕이 있는 그늘에서 기둥에 기대앉아 쉰다. 햇빛만 비껴나면 덥지 않다. 밤에 조명을 비추면 더욱 장관이라고 해서 그때 다시 오기로 하고 일단 물러나온다.

다시 기운을 차려 저녁에 쉐다곤 탑으로 갔더니, 과연! 불빛에 금빛은 더없이 찬연하다. 빛과 빛은 부딪쳐도 튀지 않는다. 서로 섞이며 또 다른 빛을 일궈낸다. 우리는 때로 빛에 홀리고, 경탄하고, 빛이 빗발칠 때 쓰러지고 눈이 먼다. 그러나 빛은 우주며 개체여서 내가 바로 빛이고 네가 또한 빛이며 우리는 모두 빛이라 했다. 그렇다면 우리는 지금 우리를 보고 있는 셈이다. 경탄해 마지않으며.

서늘해진 밤이 되니까 사람들이 더 많이 와서 느긋하게 즐긴다. 가족끼리, 친구끼리, 혹은 도반과 더불어 참배를 즐기고, 이야기를 즐기고, 명상을 즐기고, 즐김을 즐긴다. 이 장소는 물론 경배의 장소지만 고단한 중생의 몸과 마음을 쉬게 하는 소중한 휴식처이기도 하다. 엄숙하기만 한 우리의 사원보다 훨씬 따뜻하다. 잠시 머물렀을 뿐인 내게도 미얀마 사람들이 신이 아닌, 스승으로 섬기는 붓다와 그들과 사제의 정이 오가는 따뜻한 곳으로 느껴진다. 시공을 넘어 이렇게 스승과 제자가 영혼으로 만날 수 있는 행복을 무엇에 비길까. 그래서 그들은 바라지 않으면서 보시하고, 없이 살면서도 평온할 수 있는가 보다.

나는 미얀마에서의 일정을 마무리하며 그들의 정신적인 지주, 쉐다곤을 향해 합장한다. 생각은 물러갔다. 술렁거리던 마음이 한곳으로 모였을 뿐.

크레타

크노소스 궁전에서

크노소스
궁전에서

LET IT BE

미노스의 왕비와 황소가 사랑을 했네

사랑의 결실 미노타우로스!

그의 몸은 사람이고 머리는 황소라네

격분한 왕은 미노타우로스를 미궁(迷宮)에 가두었네

한 번 들어가면 나올 수 없는 미궁에

일곱 명의 처녀와 일곱 명의 청년이 제물로 바쳐지네

어느 날 아테네의 왕자가 미궁으로 들어갔네

미노스의 공주에게 길을 찾을 실타래와

마법의 검을 받아 쥐고서

마침내 미노타우로스를 죽인 테세우스 왕자

공주를 데리고 도망치다가 낙소스 섬에 버리고 말았네

가엾은 아리아드네 공주여!
불행했던 황소 미노타우로스여!
나무의 열매는 달고 감미롭거늘
사람과 황소의 열매는 쓰디쓰구나!

제우스와 에우로페(제우스의 아내), 미노스와 미노타우로스, 테세우스와 아리아드네, 다이달로스(미궁을 만든 건축가)와 이카로스(다이달로스의 아들)…. 어디선가 많이 들어본 이름들이지요? 바로 그리스 신화 가운데 등장하는 유명한 인물들이랍니다. 신화에 의하면 크레타에 있는 이다 동굴은 제우스가 태어나자마자 숨겨져 자란 곳이어서 크레타 섬은 올림포스 신들에게 특별한 장소로 여겨졌던 곳입니다.

이 유구한 섬에 발을 딛고도 나는 실제의 크레타가 아니라 신화 속의 크레타에서 한동안 깨어나지 못했습니다. 너무나 오랫동안 신화로써 각인된 곳이기 때문일까요? 크레타는 청록빛 에게해에 철벅철벅 발 적시며, 들고 나는 이들을 물끄러미 바라보고 있더군요. 수천, 수만 년 동안의 첩첩한 이끼를 시간의 추처럼 흔들며 이마의 굵은 주름 사이에서 번득이는 '오래된 이'의 깊고 지혜로운 시선으로 사람들을 주시하면서 말이지요. 나는 그의 굽은 어깨 아래 읍하고 나의 존재를 알렸습니다. 동방의 한 작은 나라에서 당신을 찾아왔노라고. 오랫동안 당신을 동경해 왔노라고요.

4천 년 전 미노스왕의 궁전 크노소스의 기둥은 오디처럼 붉디붉습니다. 로마의 기둥같이 거대하거나 딱딱하지 않아서 위압감도 없고요. 두세 개의 기둥에 겨우 의지한 허물어진 궁전 건물들은 벽이 휑하게 뚫려 인공의 장식품 대신 천공의 구름이 뉘엿뉘엿 걸렸습니다. 드넓은 궁전 터 여기저기 흩어진 서너 조각의 그 벽들은 마치 잃어버린 퍼즐의 조각 같아요. 하지만 저 벽들이 퍼즐의 조각처럼 완벽하게 맞추어진다면 이곳에 대한 우리의 기대는 구멍 난 풍선처럼 물컹해지고 말겠지요.

나는 크노소스의 대표주자를 만나기 위하여 남쪽입구 회랑 아래로 부지런히 걸어갑니다. 바늘구멍만큼의 그늘도 없는 땡볕이 벌처럼 따끔따끔 뒷덜미를 쏘며 따라오는군요. 더위와 기대와 두근거림으로 헐떡이며 마주한 그는… 아, 아름다워라! 단거리 육상선수같이 딴딴한 허벅지와, 보디빌더의 허리와 상체, 요즘 성형미인과도 같은 이마와 코, 그리고 한쪽 다리와 한쪽 팔, 가슴에 걸친 금분 입힌 의상은 현대의 어떤 패션보다 모던합니다. 그는 곱슬곱슬한 긴 머리를 휘날리며 백합꽃 장식의 깃털 달린 관을 쓰고 고삐를 끌면서 어디론가 가고 있네요. '행진의 복도' 로? 아니면 '서쪽 광장' 으로? 당당한 걸음걸이로 보아 고삐에 매인 것은 혹 승전의 전리품이 아닐까요? 나는 그가 가는 방향으로 따라가다가 문득 생각나 '옥좌의 방' 으로 갑니다. 왕자에게 정신이 팔려 아직 왕을 알현하지 못하였기 때문에.

그런데 왕은 없었습니다. 옥좌도 비었고, 원로원 좌석도 비었고…. 다들 어디로 간 것일까요? 사람은 없었으나 방안에는 너울거리는 수초들과 물고기, 그리고 기이한 그리핀(*griffin* : 머리와 날개는 독수리, 뒷다리와 몸은 사자인 상상의 동물)으로 가득합니다. 푸르게 출렁이면서 수천 년 전 바다것들이 솨악솨악, 헤엄치고 있었어요. 한쪽 구석에 지성소 같은 것이 얼핏 보이는군요. 그렇다면 옆에는 의식을 치르기 위하여 몸을 정결케 하는 욕조와 세면대도 있었을 것이고, 양손에 뱀을 든 '뱀의 여신' 이 모셔졌을 것이고, 당연히 피를 흘리는 제물이 바쳐졌을 테지요. 황소는 크레타 사람들에게 특별한 제물이기도 했지만 투우경기에도 출전시켰는데, 그들은 황소만 제물로 바친 것이 아니라 사람 또한 제물로 바쳤다네요. 그것도 글쎄, 어린 아이들을…. 건물의 지하에서 어린이들의 뼈가 나와서 조사해 보니까 세상에! 살점을 살짝 도려낸 칼자국이…. 이 유골의 흔적은 제례의식의 하나로 제물을 나누어먹는 풍습이었을 테지만 제의에는 왜 반드시 살해가 따라야 할까요? 지금도 상 위에 오르는 돼지머리. 신은 정말로 피와 살을 원하는 걸까요? 피와 살을 바친다는, 나눈다는 더할 수 없는 희생과 곡진함으로 쓰러져간 무수한 희생양들을 신은 과연 구원해 주었을까요?

이런저런 생각을 거두고 나는 사람들이 여기저기 파헤치고 있는 마당으로 나가봅니다. 흙더미와 돌덩이가 발에 자꾸 걸리네요. 졸지에 땅 속에서 불려나온 항아리들이 유치원 아이들처럼 쪼

백합왕자.
크노소스 궁전 벽화 가운데 가장
상징적인 그림이다. 그러나
이 복원된 그림에 대하여 자의적
해석이 지나치다는 지적이 있다.

르르 줄서서 눈을 비비며 볼록한 배를 내밀고 뒤뚱거리는군요. 손때가 반지르르한 손잡이는 아직도 사람의 온기가 남아 있는 듯 따뜻해 보입니다. 옛날옛날 그때는 밀이며 보리, 콩, 그리고 포도주 같은 것들을 꼭꼭 쟁이던 항아리들이 지금은 입을 허공으로 벌린 채, 다 비운 깊은 속에 푸른 하늘을 가득가득 머금고 있습니다. 6천 년 전 수메르 사람들은 맥주를 즐겨 마셔서 거리에 맥줏집이 넘쳤다더니, 크레타 사람들은 포도주를 좋아했나 보지요?

한 잔의 포도주도 맛보지 못하고 목마른 나는 물병을 꺼내 밍밍한 물이나 벌컥벌컥 마시면서 '항아리를 든 사람' 을 찾아갑니다.

그 사람은 행진의 복도에 우뚝 멈추어 서서 누군가를 기다리고 있는 것 같습니다. 얼굴이며 몸이 온통 붉은 것이 혹시 항아리 안에 포도주라도 들이킨 건 아닐까요? '백합왕자' 처럼 옆얼굴만 보이는데 관을 쓰지 않아 그렇지 왕자와 꽤 많이 닮아서 내 눈에는 남자와 여자를 섞어 놓은 양성적인 얼굴로 보입니다. 그 시대 크레타인들의 상징적인 얼굴인 모양인가 봐요. 그런데 이 사람, 가슴은 우람한 데 비해 허리는 걸맞지 않게 매우 가는데도, 그 부조화가 거슬리지 않고 오히려 가슴을 한껏 앞으로 내밀고 고개를 곧게 세운 모습이 당당해 보입니다.

이 벽화를 보고 유럽인들은 환호를 올리면서 고대 아시아에 대하여 갖고 있던 열등감을 씻고 유럽 문명의 고리를 선포하게 되었다나요? '유럽인의 특징인 그의 곧은 코와 윤곽과 단단한 턱은 유럽인의 등장을 예고하는 것이며, 곧 동양과 겨루어 동양을 굴복

사기로 만든 인형

뱀의 여신.
크레타의 종교 의식 때 모셔졌던 여신상.
미노스의 궁전 바닥에서 발견되었다.
이 조각상은 크레타인들이 가지고 있었던
종교에 대한 의식을 알 수 있는 귀중한 자료다.

시키고 동양을 지배하게 될 서양인종의 원조이다. 그의 단단한 가슴 속에는 현대 세계가 숨쉬고 있다.' 뭐 이렇게 들썩거리면서….
그렇다면 크레타 문명은 그리스 문명의 모태일 뿐만 아니라 유럽 문명의 시발점이 되는 셈이로군요.

유럽인들로 하여금 자긍심에 들뜨게 한 4천 살 가까이 먹은 이 남자. 다만 항아리를 운반하고 있는 이 남자. 그는 자신이 이렇게 중요한 인물이 될 줄은 몰랐겠지요. 특별한 어느 한 사람의 탄생과 출현이 개인은 물론 인류의 역사를 바꾸기도, 지구의 지도를 다시 그리게도 하지만, 그러나 항아리를 든 이 사람은 위대하거나 걸출한 인물이 아니었으면서도 그의 존재는 유럽인들에게 지대한 공헌을 한 셈이 되었습니다.

갑자기 복도 끝에서 왁자지껄 떠드는 소리가 들립니다. 자동적으로 그쪽으로 급히 가보니 광장에서 소와 사람이 대치하고 있군요. 소는 몸을 낮춘 채 뿔을 사람에게 들이대고 그 사람은 뿔을 잡고 있고, 소의 등에서 나긋나긋한 한 여자는 물구나무서기를 하는 듯하고, 또 다른 남자는 소 뒤에서 여자에게 손짓하고. 대체 무엇을 하는 것일까요? 이 벽화에 대한 해석은 분분합니다. 로마의 운동 경기 같다고도 하고, 스페인의 투우 같다고도 하며, 황소, 미노타우로스에게 아테네의 젊은이들이 바쳐지는 장면이라고도 하는 등. 그러나 실은 모릅니다. 아무도 모릅니다. 언제 어디서 또 무엇이 발굴되어 이 그림이 전혀 엉뚱한 그 무엇이 될지. 앞서 말

당당하고 서구적인 풍모를 지닌 이 남자의 등장으로 유럽인들은 고대 아시아에 대하여 가지고 있었던 열등감을 씻고, 유럽 문명의 고리를 선포하게 되었다고 하니, 이 그림은 유럽인들에게 참으로 소중한 발견이 아닐 수 없다.

자크로의 크리스털 잔.
거의 4천 년 전 유물이지만
오늘날의 물건들과 별반
다름없이 진보된 기법으로
만들었음을 알 수 있다.

해양생물 무늬의 항아리.
미노아인들은 생활용품을
예술품으로 만들어 쓸 만큼
기술과 예술적 감각이 뛰어났다.

한 '백합왕자' 도 1901년 발굴 당시 여러 조각을 재구성하여 그것을 담당했던 화가의 임의대로 복원해 놓은 것인데, 그로부터 60년 후 새로운 조각이 발견된 뒤 다시 맞추어본 결과 고삐에 매인 것은 스핑크스였고 왕자가 쓴 관은 스핑크스가 썼던 것이었답니다!

그리고 또 다른 유명한 벽화 '파리의 여인' 역시 복원의 심각한 오류가 밝혀졌다고 해요. 오늘날 파리의 여인과 흡사하다고 이름 붙여진 이 여인의 얼굴은 사실 상당히 우리에게 친숙한 얼굴이긴 하죠. 파마머리를 살짝 늘어뜨린 것 하며, 빨갛게 칠한 입술, 커다란 눈, 깊이 파인 옷 속에서 드러난 하얀 목. 누구는 어젯밤 파리의 술집에서 마주친 여자가 아닌가 의심스러울 지경이라 했고, 어떤 사람은 드가의 작품 같다고도 했다나요. 그런데 이 그림 역시 다시 세심하게 맞추어보니 그녀는 글쎄, 여신이었다지 뭡니까! 다른 여신들과 함께 제물을 받고 있는 모습의. 이렇게 되고 보면 이미지가 전혀 달라졌지만 그래도 사람들은 여전히 그 '백합왕자' 와 그 '파리의 여인' 을 원하기 때문에 지금도 '백합왕자' 는 처음에 복원된 모습 그대로, '파리의 여인' 또한 매력적이고 육감적인 얼굴 그대로 전시돼 있습니다. 나는 '파리의 여인' 과 여신을 이렇게 한 번 상상해보았어요. 그들이 만나면 혹시 이런 이야기가 오고가지나 않을는지요.

황소 벽화(Bull's leaping) : 1901년 궁전의 측면에서 소가 날뛰는 모습을 담은 대벽화가 발견되었다. 이 그림은 로마의 운동경기, 혹은 미노타우로스에게 아테네의 젊은이들이 바쳐지는 형벌, 혹은 에스파냐의 투우 장면과 비슷해 보인다는 평가를 들었다.

파리의 여인. 이 여인의 모습은 3천 년도
넘은 것이지만 오늘날 우리가 파리의
한 거리에서 마주치는 여인과 흡사하다.
그래서 벽화의 이름을 '파리의 여인'이라고 붙였다.
그러나 나중에 밝혀진 바로는 이 여인이 여사제였을
것이라고 한다. 백합왕자처럼 덧칠했을 가능성이 높다.

허물어진 궁전의 지하에서 무엇인가 꿈틀거린다.

켜켜로 쌓인 먼지를 털며 계단을 올라온다.

사각사각, 긴 치마 자락 스치는 소리.

수천 년 어둠 속에 묻혀 있던 그녀, 크노소스의 여신이 비틀거리며

더듬더듬 중앙 계단을 지나 '파리의 여인' 이 있는 회랑에서 멈춘다.

—여인이여, 어찌하여 네가 여기에 있는가?

파리의 여인은 붉은 입술을 달싹이며

—여신이시여, 저는 대중이 원하여 이곳에 있나이다.

—도대체 누가 나를 이렇게 너로 만들었단 말이냐?

—여신이시여, 당신을 발굴한 에번스와 질리에롱 화가라고 들었나이다.

—참으로 엉뚱하구나. 그만 물러가거라.

—여신이시여, 이 시대 사람들은 저처럼 매력적이고 관능적인 여자를 좋아한답니다.

그러니 여신이시여, 부디 당신의 처소로 돌아가시어 당신의 추종자들 곁에서 다시

길고 긴 잠에 드시오소서.

그녀들의 실랑이가 좀처럼 끝나지 않을 것 같아서 나는 그만

회랑을 지나 궁전뜰로 나오는데 담 밖에서 노래소리가 들립니다. 부부인 듯한 두 사람이 기타와 플루트를 연주하고 있군요. 여자는 집시 같고 남자는 철학자 같은데 그들 사이에 커다란 개 한 마리가 품위 있게 앉아 다가가는 나를 지그시 바라봅니다. 그들이 들려주는 LET IT BE는 마치 나에게 이렇게 말하는 것 같습니다. 그래, 버려두어라. 미노스건, 백합왕자건, 파리의 여인이건. LET IT BE~

카라코람 하이웨이

탁실라에서 우루무치까지

탁실라에서
우루무치까지

창궐했던 힘들 놓아버리고, — 탁실라, 라호르

사람과의 만남이 인연이듯 어느 한 장소와의 만남도 인연이다. 수많은 장소 가운데 내가 이곳을 택했다는 것—이곳이 나를 부른 것인지도 모르지만—그것은 이 장소와 나의 필연적 만남이다. 십 년 오십 년, 혹은 수 세기에 걸쳐 끈끈하게 나를 끌어당겨 내 발걸음이 도달한 여기. 이곳은 그러므로 나의 혈육과도 같다. 나는 이 땅의 초목과 산천, 그리고 처음이나 낯설지 않은 작고 가무스름한 사람들에게 손을 내민다. 모두 안녕?

탁실라의 대기에서는 사막냄새가 난다. 잉여물이 다 빠진 미라처럼 가뿐하다. 햇빛은 촘촘하고 사람은 헐렁하다. 냇물에서 미역 감는 아이들 반들반들한 등으로 물방울이 까르르 구른다. 냇물을 끼고, 사람들의 일용할 양식을 실은 소가 간다. 짐에 가리고 눌리고 까칠한 얼굴, 퀭한 눈만 간신히 보인다. 내가 놀며 가는 이 길이 저 소에게는 그치고 싶은 생처럼 지루하리라.

개울에서 미역 감는 아이들의 환호성을 떠메고 소가 간다
짐에 눌려 눈만 간신히 내놓은 채
여린 부추잎에 내린 이슬방울을 거두며 간다
저들의 노역을 되새김하며 개울이 흐른다
내가 놀며놀며 가는 이 길마저 짧어지고
비틀비틀 소가 간다

—소

슬픈 저 소의 모습이 이 짧은 한 토막에 드러날 수 없겠지만 나는 이렇게 써 본다.

우울한 마음을 거두며 라호르 박물관에 들어서니 간다라 불상들이 즐비하다. 붓다의 생애가 주르륵 펼쳐진다. 초기 불교에는 없던 불상이 제작되기 시작한 것은 간다라(인도 북서부와 파키스탄 북부, 그리고 동부 아프가니스탄 일대의 옛이름)지역에 대월지국이 세운 쿠샨 왕조(40~245년경)에 의해서였다. 특히 2세기 중엽 파키스탄, 아프가니스탄 등 서북 인도를 통일해 위세를 떨쳤던 카니시카 왕 시대가 전성기다. 그들은 그리스인들이 자신들의 신을 인간과 같은 모습으로 만드는 것을 보고 불상을 만들었다고 한다. 사실적인

표현이 섬세한 조각이지만 나는 물결치는 긴 머리, 정교한 얼굴이 그리스와 인도의 혼혈이라는 느낌뿐 별다른 감동이 없다. 그 유명한 '고행하는 붓다상'의 앙상한 갈비뼈 앞에서도 무덤덤하다. 그러다가 통로 끝 컴컴한 구석에서 몸 없이 머리로만 명상하는 한 보살의 미소에 끌려 거기 오래 머문다. 가만히 서 있기만 하는데도 땀이 등을 근질근질 훑어내린다. 섭씨 40도의 박물관 실내. 털털거리던 선풍기도 더위에 지쳤는지 날개를 멈추고 사람들도 속속 빠져나간다. 삼매에 든 불상들은 땀 한 방울 흘리지 않는다.

옛날에는 탁샤실라(Takshasila : 석공들의 도시)라고 불렸던 탁실라는 꽤 긴 역사를 지니고 있다. 기원전 5세기 무렵 도시가 형성되어 6세기 훈족에게 소멸될 때까지 1,200여 년간 여러 왕국이 번영하는 동안, 기원전 4세기에는 알렉산드로스의 침입도 받았고 다시 한 세기 뒤에는 마우리아 왕조의 지배도 받았다. 이곳의 유적지 가운데 가장 복합적인 곳이 비르 마운드(Bhir Mound)다. 거기 맨 아래 지하 4층에는 기원전 5세기의 페르시아가 깊이 잠들어 있고, 그 위에는 그리스가, 그리고 표면에는 기원전 3세기의 마우리아 왕조가 누워 있다. 숨 가쁘던 시절 벗어놓고 편안하게 그들은 잠들었다. 그 잠이 너무도 달아 보여 나도 옷 벗고 눕고 싶다. 고단했던 노동일수록 더욱 잠은 깊고 포근하리라.

비르 마운드에서 1킬로미터 남짓 떨어진 곳에 그리스와 쿠샨 왕조가 세운 도시 시르카프(Sirkap)가 있다. 건물은 다 무너지고 일

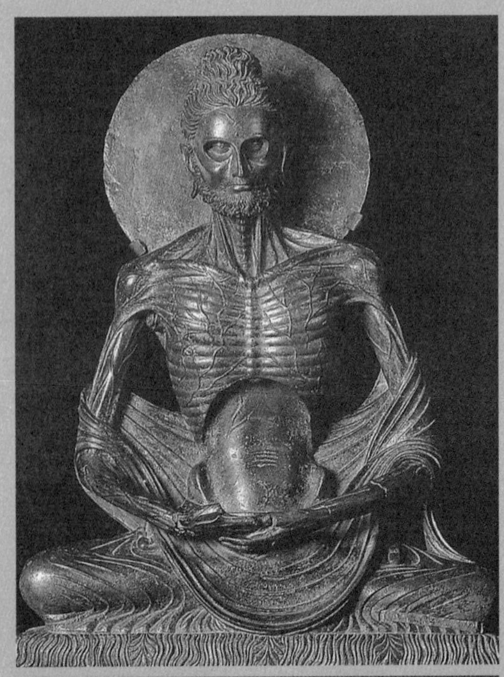
고행하는 붓다상.
고행의 극한을 나타낸
붓다의 모습이다.

보살상.
삼매에 든 지극한 모습이
두드러진 조각상.

직선으로 뻗은 도로와 바둑판 모양의 기초들만 남았는데 다행히 도로 한복판에 '쌍머리 독수리' 라는 제단이 비교적 의관을 갖추고 맞이한다. '쌍머리 독수리' 는 두 마리 독수리를 조각해 놓은 것에서 붙은 이름이고 대좌에 얇은 돋을새김이 희미하게 보이는 세 개의 문이 탁실라의 유적을 상징적으로 나타내준다.

다시 시르카프에서 6킬로미터쯤 동쪽으로 가니까 졸리안(Jaulian)이 나온다. 이 사원 유적은 퍽 양호한 상태로 남아 있어서 나는 발걸음이 분주해진다. 벽과 벽 사이 좁고 어두운 통로를 비집고 다니는데 어디서 나타났는지 "마담 마담, 오리지널! 오리지널!" 관리인 영감이 소매를 잡아끈다. 제법 그럴듯한 불상의 머리 하나를 내밀며 '오리지널' 을 연신 불러댄다. 저 벽에서 나온 거라며 손가락질까지 해가면서. 나는 속는 줄 알면서도 그 '가리지널' 을 거금 50달러를 주고 산다. 한 푼도 깎지 못한 채. 어제 박물관에서 보았던 그 보살과 닮았다고 오히려 좋아하며. 특히 입 언저리가. 나는 가방에 손을 넣고 방금 내게로 온 차고 따뜻한 그 머리와 소통하면서 사원의 스투파로 올라가는 계단에서 잠시 쉰다. 내 발 밑에는 다양한 민족과 종교, 문명들이 사이좋게 모여 있다. 파르티아인, 마우리아 왕조, 쿠샨 왕조, 그리스인, 스키타이인…. 그리고 그들이 이룩한 헬레니즘 문화와 힌두, 불교, 중앙아시아의 초원문명, 조로아스터까지.

"기독교의 영향만을 제외한 구세계의 문명이 모두 이곳에 모여 있다. 구세계의 인간으로서는 자기에게 자기의 축소된 소우주

시르카프의 제인 사원. 비교적 온전하게 보존된 제단에 쌍머리 독수리가 보인다.

졸리안의 유적지에서
콜라 파는 사람.
콜라를 팔기보다
명상을 즐기는 사람 같다.

를 잘 보여주고 있는 이 유적지 이상으로 역사와의 유대를 유지하면서 자신의 근원을 돌아볼 수 있는 장소가 달리 어디에 있으랴!" 레비 스트로스의 이 한 구절이 나를 여기까지 끌고 왔다. 이런 글을 보면 궁금증 때문에 나는 내내 안절부절못하는 것이다. 도대체 어떤 곳이기에? 나는 마침내 탁실라에 왔고 폐허에 어룽진 시간의 눈금을 헤아리면서 나의 '축소된 우주'를 바라보고 있다. 기쁨에 넘쳐 나는 호흡이 가빠지고 한낮의 땡볕이 저도 숨이 찬지 훅훅 열을 뿜어댄다. 나는 간다라 불상을 만들던 사람들을 상상하며 이런 시를 써본다.

웃통을 벗어젖힌 사내가 흙을 빚는다
보리수 염주알처럼 검게 익은 등으로 주르륵 땀이 흐른다
그의 손끝에서 말랑말랑한 부처가 막 태어난다
치렁치렁한 곱슬머리, 움푹한 눈과 코
부처는 지금 그의 본적지 카필라 왕국으로부터
간다라 지방으로 이적중이다
아기 부처가 이글거리는 불 속으로 들어간다

탁실라,
섭씨 40도의 열기 속에서
나는 비지땀을 흘리고 부처는 더욱 공고해지고

– 간다라의 부처

마을은 멀고 산은 가깝다 – 스 와 트

탁실라에서 페샤와르를 거쳐 스와트으로 오는 길은 스와트 강이 동행한다. 스와트 강은 물살이 거세다. 갈대도 휘몰아친다. 탁실라와 라호르에서 나른하던 내 몸이 강과 갈대의 리듬에 맞춰 피돌기가 빨라진다. 근육이 팽팽하게 조여진다. 스쳐가는 무덤 위에 까맣고 노란 돌멩이들. 햇빛이 돌멩이를 윤나게 문지른다. 죽음이 반짝반짝하다. 죽음 뒤편 나른한 마을에 무르익은 진홍빛 부겐베리아. 눈이 부셔 나는 눈이 먼다.

대기가 미라처럼 가뿐하다
햇빛은 촘촘하고 사람은 느슨하다
헐렁한 바퀴를 힘겹게 돌리며
흙길을 감아가던 낡은 버스가
가쁜 숨을 몰아쉬며 폐허에 다다른다
유적지 한 귀퉁이에 갓 빚은 무덤 하나가
누대를 되질하고 있다
무덤을 덮은 까맣고 노란 돌멩이들이 반지르르하다
죽음이 햇빛에 반짝반짝하다

–죽음이 햇빛에 반짝반짝하다

스와트은 산간지역이다. 가로수 터널이 궁륭 같다. 논에 파랗게 모가 자라고 짚으로 엮은 지붕이 낯익어 정답다. 일을 끝내고 돌아가는 농부의 처진 등이 출출하다. 어디쯤에서 저이는 컬컬해진 목을 축일까.

스와트에서 칠라스로 진입하면서 카라코람 하이웨이[KKH(Karakoram Highway) : 중국의 카슈가르와 파키스탄의 카슈미르를 연결하는 도로. 옛 실크로드의 한 구간]가 시작된다. 해발 1,800미터 이상의 고지대에서 서식하는 삼나무가 씩씩하다. 장대한 삼나무 숲에 하얀 양철지붕이 흰 새가 날개를 쫙 펴고 있는 듯하다. 워낙 눈이 많은 지역이라 폭설 때 눈이 잘 미끄러지도록 양철로 지붕을 얹은 것이다. 파키스탄의 산간지역인 이곳은 이슬람 계율이 더욱 엄격하여 여자는 외출을 할 수 없기 때문에 남자들이 장도 보아다 준다. 더욱 극심한 것은 같은 동네 사람끼리 결혼금지는 물론 연애하다 발각되면 죽임을 당한다니 오, 대한민국에 태어난 축복이여.

3,100킬로미터의 인더스 강이 산과 산을 갈라놓으며 때로는 잔잔하게 때로는 거칠게 그의 생애를 휘몰아간다. 유장하다. 첩첩첩첩첩…. 장대한 산과 도도한 강. 이처럼 잘 어울리는 커플이 또 있을까. 온갖 형상의 바위들이 성큼성큼 다가와 덮칠 듯하여 나는 눈을 감는다. "저것 좀 보세요. 낭가파르밧." 누가 나를 흔든다. 어느 틈에 다른 세계로 넘어왔는지 봉우리 봉우리마다 뭉실뭉실 구름이 낭자하다. 하얗게 치를 떨며 빛을 뿜는 저 앞산이 낭가파르밧. 과연! 저긴 분명 신의 거처이리라. 저곳에 발 딛는 자는 이미

신성을 부여받은 자이리라. 낭가파르밧(Nanga Parbat)은 '벌거벗은 산' 이란 뜻으로 높이가 8,126미터. 사면이 거대한 빙하로 덮여 있으나 접근하기가 비교적 수월하여 히말라야 최고봉 중에 가장 먼저 등정이 시도되었지만 1953년에야 정상에 오를 수 있었다 한다. 나는 이렇게 눈으로나 바라보는 낭가파르밧이 점 하나로 남을 때까지 고개를 돌리지 못한다.

거대한 카라코람의 손바닥 안에서 버스는 달린다. 산과 강이 구름의 그림자를 끌고 달린다. 그 속도에 편승하지 못하는 나는 뒤처져 풍경을 자꾸 놓친다. 흘낏 보았던 한 세계가 홀연 사라진다. 손바닥이 허전하다. 가슴이 헛헛하다.

카라코람 산맥은 파키스탄 북부, 인도, 아프가니스탄, 소련, 중국에 걸쳐있는데 여기에는 높이 7,600미터가 넘는 봉우리만도 18개나 되고 평균 높이도 6,100미터다. 이 중 가장 높은 봉우리가 유명한 K2(8,611미터). 영화 〈버티컬 리미트〉에서 화면을 가득 채우던 K2. 영화를 통해서도 감동하여 나는 보고 또 보았었는데 실제는 얼마나 황홀할까. 이젠 눈높이가 너무 높아져버려 무엄하게도 아래 산들은 미미해 보인다. "여기가 세 개의 산과 두 개의 강이 만나는 지점입니다. 저기 실 같은 길이 old silk road구요." 히말라야, 힌두스탄, 카라코람 산맥이 만나고 인더스, 길기트 강이 모인 곳. 막강한 힘들이 모여 잠시 참모회의라도 여는 것일까.

장대한 삼나무 숲에 하얀 양철지붕들
한 무리 흰 새가 불시착한 듯 눈부시다
마을은 멀고 산은 가깝다
마을에 두고 온 마음 한 자락이 펄럭인다
너무 멀리 가지 마라 가지 마라

나는 여름 내내 이 강을 거슬러 올라왔다
거스름의 끝에는 언제나 始原이 있다
인더스의 始原 카일라스 산
순례자의 부르틈과 목마름이 고요히 깃을 접는 곳
거기까지 아직 멀다

마을은 멀고 강물은 깊다
마을에 두고 온 마음 한구석이 그늘진다
너무 멀리 가지 마라 가지 마라

–始原을 향하여

나뭇잎 비비는 소리, 어느 신탁의 말씀인가 – 길기트

이 지점에서 인더스와 작별하고 길기트 강쪽으로 방향을 튼다. 강폭이 좁아지면서 두렵고 신비하던 거대한 바위들이 한 발짝 물러선다. 차가 잠시 멈추더니 도로변 도랑으로 쏟아지는 물로 세차를 하는데 그게 온천수라 한다. 섭씨 100도의 바타바니 온천. 버스의 바퀴가 온천수로 매끈해졌는지 한결 잘 구른다. 도로사정이 좋은 길기트에 도착한 것이다.

해발1,600미터에 위치한 길기트는 북부 파키스탄의 경제, 교통의 중심지인 만큼 여행을 하거나 상업을 하는 사람들은 반드시 거치게 되므로 공항이 있고, 호텔과 상점이 많아 혼잡하다. 그러나 중심도로를 조금만 벗어나면 곧 한적해지고 길기트 강을 낀 오솔길에서 천일홍, 백일홍이 정다운 민가를 만날 수 있다. 길은 산으로 휘고 빙하 녹은 물이 수로를 따라 투명하게 흐른다. 얼마나 차가운지 잠시만 손을 담가도 진저리가 쳐진다. 그 수로를 따라 올라가다 보면 마을에서 빤히 올려다보이는 절벽에 '카르카 붓다'의 암각이 있다. 8세기 불교 쇠퇴기에 힌두교가 가미된 불상인지라 자세도 흐트러진 모습이고 법의도 입히지 않았다. 그래도 높은 곳에 모셔 두어 훼손되지 않은 채 이슬람교도들의 마을을 내려다보고 있다. 마을로 들어가 뜰에 사과가 주렁주렁 달린 집을 기웃거리니까 들어오라고 손짓한다. 들어가 앉자마자 아내, 딸, 이

길기트 외곽, 산 위의 바위에 암각한 카르카 붓다. 8세기 말 불교 말기의 작품으로 힌두교의 영향이 두드러진다. 법의도 입히지 않았고 자세도 흐트러진 모습이다.

웃집 사람까지 모여 호기심 어린 눈으로 나를 구경한다. 사과를 따오고 살구를 내오고 차를 끓이며 부산해진다. 짧은 시간 동안 그들과 함께 있었지만 소박한 인심에 마음이 후끈해진다. 서울에서 맛보지 못한 뿌듯함을 이 멀리서….

호텔로 와 방에 들어서자 창밖에 만년설을 가득 인 봉우리 하나가 흰옷의 성자처럼 위엄 있게 그러나 온화하게 서 있다. 오래전부터 나를 기다리고 있었다는 듯이. 아무 장애물 없이 거침없이 쏟아져 들어오는 충격에 나는 멍해진다. 나는 그를 영접하러 창밖으로 나간다. 내가 그에게로 간 것인지 그가 내게로 온 것인지 실재와 비실재가 서로 담을 넘는다.

별이 뜨기 시작하자 나는 정원으로 나가 눕는다. 잔디가 폭신하다. 이대로 별들에게 빨려들 것 같다. 유난히 깜빡이는 별들은 그 숨소리마저 들릴 듯하다. 북두칠성이 하나, 둘 산등성이로 사라진다. 지금까지 다 사라지는 것을 본 적 없지만 저런 속도로 빠르게 진행이 된다면 오늘은 볼 수 있을 것 같다. 이렇게 별 환하고 날 맑으니 보이지 않던 내 마음의 티끌 들여다볼 수 있을까.

밤이 깊어지면서 바람이 분다. 높은 가지끝 나뭇잎 비비는 소리, 어느 신탁의 말씀인가. 그것이 구름을 부르는 소리였는지 순식간에 구름이 몰려와 별들을 뒤덮는다. 천체의 공연 1막이 끝나고 2막이 시작되려나. 그러나 구름은 좀처럼 물러나지 않고 내 눈꺼풀은 무거워진다. 개구리 울음 아득하다.

살구꽃 피면 지상의 한 낙원 — 훈자

어젯밤 길기트의 성스런 산에 안겨 단잠을 자고 훈자마을로 떠난다. 카라코람 산맥에 산재한 산들의 등산 전초기지로도 유명한 길기트에 다시 오게 되기를, 그때는 이산 저산 헤매볼 수 있기를 소망하며 길기트를 마음에 깊이 새긴다.

버스는 며칠째 계속 산으로 산으로 들어간다. 이제는 산에서 영 헤어나오지 못할 것 같다. 아니 못하게 되면 좋겠다. 길기트 강은 슬며시 사라지고 온갖 형상들로 나를 혼란스럽게 하던 바위들도 굵은 등뼈만 내민다. 황량한 풍경이 한동안 이어지더니 훈자강이 스르르 사행(蛇行)으로 흐르고 오아시스처럼 수목이 울창해진다. 봉우리 사이사이에서 눈 덮인 산들이 아름다운 흰 이마를 반짝인다. 눈만 뜨면 만년설. 꿈 같다! 차에서 내려 풍경 속으로 들어가 옛 실크로드에 발을 담근다. 4세기와 7세기, 법현과 현장과 혜초가 불경을 가지러 악천후를 무릅쓰고 걸어가던 길. 수많은 상인들과 낙타와 야크가 비단, 향료, 도자기, 보석, 종이를 싣고 산적들을 피해 가다 목숨을 잃던 길. 또한 이 길은 1271년부터 25년간이나 떠돌았던 마르코 폴로가 지나간 길이기도 했으며, 13~14세기에 걸쳐 기독교의 전파를 위하여 서방 선교사들이 들어오던 길이기도 했다. 15세기 해상로가 발전되기 이전까지 순례와 무역, 선교의 장(場)이었던 실크로드를 나는 아득하게 바라본다.

"사방을 둘러본 그는 인적도, 말의 흔적도 보이지 않는 광활한 평야를 발견했다. 밤에는 별만큼 많은 악령들의 불씨가 사방에서 빛났다. 그리고 낮에는 무시무시한 바람이 불어와 모래를 휘저으며 폭우처럼 모래비를 내렸다. 그런 끔찍한 폭우 속에서 그의 마음은 두려움으로 막막했다!" 이렇게 위험한 고비를 넘기며 현장이 간다라 지방에 도착했던 당시에는 이미 수많은 절이 폐허화되었고, 석가모니가 태어났던 카필라바투스, 열반한 쿠시나가라도 마찬가지였으며 바라나시에는 이미 힌두교가 널리 퍼지고 있었다고 한다. 먼저 간 사람들의 발뒤꿈치는 닳아 없어졌으나 그들이 두고 간 흔적은 곳곳에서 등대처럼 어둠을 비친다. 지금 실크로드를 제대로 가려면 아마도 이러해야 하지 않을까.

무엇보다 중요한 것은 당신의 목숨이 수시로 위협받을 수 있다는 것을 자각하는 일이다.

실크로드로 가기 위하여 목숨을 담보할 용기가 있다면, 잡다한 기억의 창고를 깨끗이 청소하고

오른쪽 대뇌의 직관력 밸브를 활짝 열어 놓는다.

아울러 감성 조절센서가 과열되지 않도록 냉각수를 충분히 준비한다.

그런 다음 낙타몰이꾼 한 명과 낙타 두 마리를 구한다. 낙타는 박트리아산 낙타가 최상이다.

돈이 많은 여행자라면 안내원에게 인색하지 말아야 한다.

그 덕분에 얻게 되는 혜택이 지불한 돈보다 더 많이 돌아오

기 때문이다.

여자를 동반하면 즐거울 수 있으나 자칫 감정조절 센서에 오류가 발생될 수 있을 것이다.

라호르에서 카슈가르를 통과할 때는 험준한 힌두쿠시 산맥과 파미르 고원에서

반드시 산신령에게 고사를 지내야 한다. 그렇지 않으면 바람과 우박이 쏟아지고

밤에는 악령의 불씨가 별빛처럼 반짝이며 당신을 유혹할 것이다.

마침내 모든 난관을 극복하고 실크로드를 무사히 건너왔다면 거울 앞에 서 보라.

문득 당신의 모습이 낯설 것이다. 당신이 당신에게 와락 안기고 싶은

없던 품이 생겨났을 것이다. 그러나 조심하라.

당신의 정신건강이 나빠지면, 신기루처럼 그 품은 줄어들거나 없어질지도 모른다.

－실크로드를 가려면

버스는 계속 카라코람 하이웨이(KKH)를 따라간다. 말이 하이웨이지 2차선 왕복도로 곳곳이 파손되고 낙석위험이 도사리고 있어 절벽 밑을 가노라면 가슴이 두근거릴 때가 한두 번이 아니다. 그래도 옛 실크로드에 비하면 암, 하이웨이고말고. 처음 이 길은

훈자왕국의 수도였던 발티트 성은 해발 2,500미터인 마을 가장 높은 곳에 있다. 티베트 전통 양식의 이 성은 750년간 지속되었던 훈자 왕국의 멸망으로 지금은 하나의 상징일 뿐이다.

사람과 말이 간신히 통과할 정도로 좁고 가파른 길이었는데 중국과 파키스탄이 교역로로 활용하기 위하여 1996년 대대적인 도로 공사를 시작하였다. 장장 1,200킬로미터의 이 허공의 길은 20여 년에 걸쳐 이루어졌으며 수많은 사상자가 발생하였다고 한다. 지금 나는 이 길 위에서 숨진 중국인들의 공동묘지 앞에 있다. 잠시 머리를 숙일 뿐 달리 할 일이 없는 나는 아무 수고도 없이 왔듯 그렇게 갈 것이다.

훈자 마을로 가려면 카라코람에서 벗어나 가네쉬 마을에서 구불구불 이어지는 산길을 올라가야 한다. 울타르, 라카포시, 골든 등의 높은 봉우리들이 둘러싸고, 울타르 빙하, 호퍼 빙하가 지척인 훈자는 그야말로 하늘 아래 첫동네다. 마을입구에 다다르면 우선 장대 같은 포플러나무들이 호위병처럼 도열해있고 훈자의 상징인 살구나무가 아늑하게 집들을 감싸고 있다. 살구꽃이 활짝 피었을 때는 지상의 한 낙원과도 같다는데 지금은 열매의 시절이다.

훈자왕국 시대 수도였던 카리마바드에 여장을 풀고 발티트 성(Baltit fort)으로 올라간다. 해발 2,500미터에 위치한 이 마을에서 가장 높은 곳에 티베트 전통양식으로 지어진 발티트는 750년 동안 왕국을 지탱해 왔는데 지금은 하나의 상징일 뿐 내부엔 어둠과 먼지와 두터운 시간의 이끼가 쌓여 있다. 또 하나의 성 알티트(Altit)는 보수중이었다. 성문 앞에 장수촌답게 한떼의 노파들이 한가롭게 앉아 우리를 구경한다. 사진을 찍지 말라고 완강하게 손짓하는데 그들의 생김새는 강하고 드세다. 이슬람 국가에서, 특히 이런 산골에서 여자들이 이렇게 많이 밖에 나와 있는 것이 신기했다. 비좁은 골목을 빠져나와 보수중인 성을 둘러본다. 성은 얼기설기 나무로 엮은 보호막에 갇혔고 흙바닥 먼지 때문에 발걸음을 떼기가 조심스럽다. 이 와중에도 여기저기 살구를 말리느라 널어놓은 모습이 우리 고추 말리는 모습과 유사하다. 훈자는 위치상으로 보면 분명 오지 중의 오지이나 이미 관광객이 드나들어 호텔, 기념품 가게, 식당이 즐비해서 뭔가 앞뒤가 맞지 않아 씁쓸하다.

지붕 위에서 살구 말리는 모습. 훈자는 살구 마을이다. 집집마다 지붕이나 마당에 살구를 잔뜩 널어놓았다.

훈자 마을 상점.
이곳에도 관광객이 늘어
작은 기념품 가게가 줄줄이다.

그러나 밤이 되면 별은 확실하게 한몫 한다. 북두칠성이 손닿을 듯 가깝고 하늘은 별들의 야시장 같다. 별은 더러 포플러나무 허리까지 내려와 매달릴 때도 있다. 두드리면 맑은 종소리를 낼 것 같다. 포플러의 키가 얼마나 큰지 하늘을 찌르며 불쑥불쑥 치솟아 시커먼 가지들이 허공을 흔들며 너울거린다. 나는 나무에게서 등을 돌린다.

자연이 色을 쓰듯 – 훈자, 소스트, 쿤자랍 패스, 타슈쿠르간

어젯밤 꿈에 어김없이 포플러의 습격을 받았다. 진땀을 쭉 빼고 간신히 깨고 나니 맥이 빠진다. 섬뜩했던 순간들이 청하지도 않는데 재현되는 통에 한 차례씩 곤욕을 치른다.

이제 파키스탄과 작별하고 중국으로 넘어가기 위하여 국경도시 소스트에서 수속을 밟는다. 이곳에 파키스탄 세관이 있는데 한국은 비자가 필요하지 않으므로 쉽게 통과하지만 중국 차량으로 갈아타야 하는 등 이런저런 시간이 꽤 걸린다. 세관 앞 공터에는 울긋불긋 호화롭게 치장한 트럭들이 정차해 있다. 세계에서 가장 아름다운 트럭. 당집 같다. 당집 안에서 검은 신령이 담배를 피운다. 연기는 희다. 트럭은 오랫동안 꼼짝 않는다. 기사는 아예 의자를 젖히고 누워버렸다. 저대로 잠들어 버린들 무엇이 걱정이랴.

파키스탄과 중국의 국경도시 소스트에서 만난 트럭. 울긋불긋 호화롭게 치장했다.

집을 데리고 다니는 자에게 따로 집이 필요치 않을 것이다. 마음의 집, 몸의 집이 함께 들어앉아 노닥거리는 당집. 그러나 그 집의 배후는 황량한 바위산이다. 나무 한 그루 없이 척박한 돌산.

국경은 쓸쓸하다. 국경엔 그러나 설렘이 있다. 한 세계와 또 한 세계가 교차되는 곳. 앞으로 가는 길은 모를 때 더욱 신선하다. 몰랐던 새로움이 불쑥불쑥 나타나는 순간의 경이를 위하여 앎은 되도록 보류해 두는 편이 낫다. 경계선을 넘어선 자동차 앞바퀴 한 쌍이 뒷바퀴를 끈다. 경계선을 먼저 디딘 나의 왼발이 오른발을 재촉한다. 무수한 사람과 사물들이 오간 저 길이 내겐 신생의

해발 2,500에 있는 훈자 마을은 6천미터급 이상의 봉우리들로 둘러싸인 오지다. 사방을 둘러봐도 험준한 산만 보인다.

길이다. 길 앞에서 새롭게 태어나기를 소망하면서 나는 처음 걸음을 시작하는 마음으로 길을 딛는다.

버스는 카라코람의 절정, 쿤자랍 패스(Khunjerab pass)를 향하여 달린다. 쿤자랍 패스는 '피의 계곡'이란 뜻으로 옛날 이 길을 넘나들던 대상들과 수도승들이 산적에게 습격당했을 때 계곡이 피로 물들었다 해서 붙인 이름이다. 산적도 없고 물도 맑은 지금, 우리는 3,700미터 고지에 이르러 빙하가 녹아 세차게 흐르는 계곡에서 점심을 먹는다. 수만 년 꽁꽁 묶었던 머리를 풀어내린 빙하

파키스탄과 중국 국경 : 카라코람 하이웨이의 절정, Zero-point, 쿤자랍 패스. 4,900미터 고지인 이곳을 기점으로 파키스탄과 중국으로 나뉜다.

의 희고 부드러운 머릿결이 넘실거린다. 카라코람은 히든카드를 다 내보이려는 듯이 그 장관이 막바지에 다다른다. 빙하와 고산, 만년설, 켜켜이 다져놓은 지층의 현란한 색상. 자연이 色을 쓴다. 고품격, 고자세로. 장엄의 불연속 앞에서 입은 무거워지고 몸은 가벼워진다. 마음은 이미 푸르르 깃을 치고 날아가 카라코람의 품에 깃들었다.

해발 4천 미터를 넘어섰을 때 오른쪽 손발이 마비되고 숨이 가빠진다. 불안했지만 호흡을 조절하며 느긋해지려 애를 쓴다. 절정으로 가는 길은 두근거린다. 절정으로 가는 길엔 몽롱함과 아찔

함이 있다. 절정에 머물 때 근육은 불끈거리며, 살갗은 달아오르고 세포는 떨린다. 드디어 해발 4,900미터 지점. Zero-point. 높은 곳이 휑하다. 지평선은 벌거숭이 하늘을 업고 서역으로 가고 있다. 파미르 쪽이다. 하얀 산. 황무지. 세찬 바람. 내 핏줄 한 올 한 올마다 스미는 서늘한 입김. 고대인들이 저마다 자신들의 중심 도시를 지구의 배꼽이라 했듯이 내가 지금 지구의 배꼽 안에 들어와 있는 것이 아닐까. 이 무방향, 무정형의 황무지에서 나는 얼마나 내 안으로 침잠할 수 있을까. 내 생의 연역과 귀납이 zero가 되기를 바라며 나는 눈밭에 내려가 손을 비빈다. 손이 시리다. 눈이 시리다. 가야 할 발길이 시리다.

유목의 내 마음이 – 타슈쿠르간

Zero-point에서 중국측의 검문을 받고, 산소공급을 받고 타슈쿠르간으로 내려간다. 이제부터 중국이다. 땅따먹기. 땅바닥에 선 하나 긋고 니꺼 내꺼 하던 어린 시절 생각이 난다. 산세가 확연히 달라진다. 파키스탄쪽이 훨씬 험준하고 길도 위험하다. 매듭 하나가 탁 풀린 듯하다. 세계의 지붕, 파미르 언저리를 지난다. 쿤룬 산맥, 카라코람 산맥, 힌두쿠시 산맥, 텐산 산맥이 뻗어와 얽힌 파미르. 이곳에는 6,100미터가 넘는 봉우리가 1백개 이상 모여 있고, 3,700미터 고지대의 계곡에 물이 흐른다. 그런 산과 고원의 집합

타슈쿠르간 가는 길의 레드마운틴, 바위산의 색깔이 붉어서 레드마운틴이라고 부른다. 마치 바위가 단풍든 듯하다.

체 파미르의 심장에 들어가지 못하고 나는 다만 그 옆구리를 스쳐 간다.

네모난 흙집들은 아직 한 입도 깨물지 않은 크래커 같다. 겹겹의 설산 아래 고원에는 낙타, 말, 야크, 그리고 보라색 야생화가 널려 있다. 색색의 유목민 텐트도 보인다. 한 마리 잡아타고 초원을 달렸으면. 낙타의 엉덩이가 내 허벅지를 덥혀주고 나는 그의 등을 쓰다듬으며 함께 노을을 보았으면. 이런 곳을 그리며 얼마 전에 썼던 시가 생각난다.

타슈쿠르간의 유목민 텐트. 유목의 배경은 황량한 산이다. 그러나 초지의 풀이 푸르를 때면 텐트도 늘어나고, 양과 소, 야크들이 어울려 열심히 풀을 뜯는다.

유목의 내 마음이 초원에서 한 마리 말을 만났습니다.
오른쪽 눈꺼풀에 점이 있는 그 말을 나는 오점이라 불렀습니다
천지가 집인 오점과 나는 정처 없이 갔습니다
담비의 길, 초원의 길, 삼림의 길, 모피의 길…
초원을 떠돌다가 우리는 보르칸 산기슭에서
그 호수를 보았습니다 온몸이 눈인 호수에는
우리가 지나온 길이 다 담겨 있었습니다
아직 딛지 못한 하늘까지도

타슈쿠르간의 유목민의 삶은 간소함 그 자체다. 집(텐트)도 세간도 최소한의 것만을 지닌다. 그들에게 잉여물이란 짐일 뿐이다.

밤이 되자 호수에 달이 떴습니다
물결이 요람처럼 달을 흔들며 출렁거렸습니다
보르칸 산 어깨가 덩달아 들썩였습니다
밤이 깊을수록 호수가 비추는 세상이 참 밝고 고요했습니다

－유목의 내 마음이

해발 3,200미터의 국경도시 타슈쿠르간에 들어서자 바로 세관이다. 타슈쿠르간은 '돌의 도시'며 실크로드 세 개의 길이 모두

여기서 만난다. 현장이 귀향길에 길기트를 거쳐 이곳에 도착했을 때 중국과 서양 상인들의 물물교환이 이루어지고 있었다고 한다. 교통의 요충지임에도 불구하고 변변한 호텔이나 식당도 없다. 우리는 이름만 근사한 파미르 호텔에 묵었는데 아침에는 물도 끊겨 세수는 거르고, 남았던 오렌지 주스로 호사스럽게 양치를 했다.

국도 314번을 따라 카슈가르로 가는 길에 카라쿨 호수를 찾아간다. 풀 한 포기 없는 척박한 산이 협공해오듯 옆구리를 조여 온다. 협곡은 항상 무엇인가 숨기고 있는 것 같다. 드러내지 않는, 혹은 드러낼 수 없는. 한 굽이 협소한 협곡을 빠져 나오자 앞이 트이더니 '빙하의 아버지' 무스타가타 산이 날개를 활짝 펼치며 나타난다. 곤고하게 빠져나온 생에 대한 축복처럼. 파미르에서 두 번째로 높은 산, 무스타가타 산은 빙하의 두께만도 3백 미터나 된다고 한다. 뾰족뾰족한 봉우리가 여러 개 겹친 모습은 거대한 흰 연꽃 같다. 고도 4천 미터에서 바라보니까 7,540미터의 높은 산이 금세라도 올라갈 듯 가까워 보인다. 아버지라기보다 정결한 여신의 모습이다. 반대편에 나타난 궁거산은 가슴 넓은 남자처럼 평평하다. 날카로운 무스타가타 산과 대조를 이루어 두 개의 산이 서로 빼어나다.

이렇게 높은 고원에도 무덤은 있다. 곡식 창고인 줄 알았는데 흙으로 만든 조그만 저것이 키르기스인의 묘지라 한다. 이슬람교도인 키르기스인들은 사람이 죽는 즉시 천으로 싸서 매장한다는데 신체의 기능은 정지되었어도 아직 죽음이 완성되지 못한 이들이 있을지도 모르지 않나. 들고 나는 목숨들이 뜨고 지는 자리, 작고 초라한 저 죽음이 순해 보인다.

Black Lake, 카라쿨 호수가 3,600미터 고지에서 물결친다. 하얀 산을 마주보는 호수의 눈은 더욱 푸르다. 나는 호수에 얼굴을 비쳐본다. 산은 비치는데 내 얼굴은 비치지 않는다. 저렇게 희어야, 흔들림 없어야 카라쿨, 그 검은 눈동자에 담기나 보다.

호수를 두고 다시 가던 길로 나선다. 여전히 좌우는 산이다. 계곡이 흐리다. 민둥산이다 보니 산사태로 계곡은 깨끗할 날이 없으며 도로 또한 일 년 내 공사가 그치지 않기 때문이라고. 중장비 없이 손으로 석축 쌓듯 닦아가는 작업이 언제 마무리될지 헤아려지지가 않는다. 차가 덜컹거릴 때마다 붉은 산, Red Mountain이 꿈틀거린다. 불타듯 시뻘건 산이 술 취한 마왕 같다. 서둘러 그 손아귀를 빠져나와 민가로 들어오면서 다소 마음이 놓인다. '옥(玉)의 도시' 카슈가르에 도착한 것이다.

실크로드의 대표적인 도시 카슈가르는 파미르고원을 넘어 인도로, 혹은 천산남로나 사막남로로 진출할 수 있는 위치에 있어서 교통과 경제, 군사의 요충지이며, 위구르인들의 정신적 · 문화적 중심지다. 지금도 72개의 댐이 들어서 있을 정도로 물이 많아 옛날에는 '소륵(疏勒)'이라 불렸다. 역사적으로 보자면 서기 106년 이후에 후한이 서역을 포기한 후 카슈가르는 대국으로 성장하여 서역 5대 강국으로 부상, 640년 즈음에는 승려가 1만여 명이 넘는 불교 융성지였으나 지금은 사찰 하나 없는 회교도시다. 오히려 서역 최대의 이슬람 사원, 에이티갈이 이곳에 있다.

그래도 명성이 자자한 재래시장은 아직도 존재한다. 미로 같은 시장 골목골목은 엉덩이를 부딪치며 다녀야 한다. 비좁은 한구석에서는 이발사가 머리를 깎아주고 옆에서는 연기를 피워 올리며 양고기를 굽는다. 어미 잃은 양과 닭들은 저마다 고삐 쥔 자의 손에 이리저리 끌려다닌다. 악기를 파는 가게에서는 손님을 부르느라 풍악을 울리고, 아직 임자를 만나지 못한 칼들은 호화로운 조각으로 장식된 납작한 집에서 조금씩 무디어가고 있다. 현란한 색색의 옷과 모자들은 허공에 대롱대롱 매달렸거나 흘러간 유행가처럼 차곡차곡 쌓여 있다. 나는 악기에 구미가 당겨 아까 지나쳤던 그 집을 찾아간다. 점원의 연주가 썩 훌륭했었다는 기억을 떠올리며. 엉덩이가 불룩하고 목이 긴, 그리 높지도 낮지도 않은 중간 음역의 부드러운 톤을 지닌 악기를 골라 한 곡 청한다. 유심히 살펴보니까 기타 연주법과 유사하여 한 소절 배워 보면서 조그만 것으로 하나 살까 계속 망설인다. 모양만으로도 매우 아름다워서 그냥 옆에 두고 보기만 해도 좋을 것 같다. 그렇지만 작아도 짐이지. 여행길에 악기라니. 나는 아쉬움이 남아 돌아다보며 가게를 나오고 열심히 가르쳐주던 청년은 낭패한 표정이다. 미안한 마음까지 얹혀 발길이 무겁다. 지금은 무슬림이지만 원래 정령숭배 신앙을 가지고 있었다는 위구르인들은 노래와 춤을 좋아해서 축제에는 물론 틈나면 노래하고 춤추며 일상을 즐긴다. 사막과 오아시스, 타림분지, 초원, 산맥 등 다양한 지형도 좋고, 기름진 땅과 풍부한 농축산물, 그리고 무엇보다도 끊임없는 독립투쟁의 정신과 문화적 전통을 이어오고 있는 점들이 그들의 위상을 더욱 높여 준다.

나는 호텔로 돌아와 아직도 눈앞에 어른거리는 그 악기를 떨쳐버리려고 마르코 폴로를 떠올린다. 1271년, 15세의 마르코 폴로가 베네치아의 상인인 아버지와 숙부를 따라 25년간이나 계속된 대장정의 여행길에서 여러 번 거쳤다는 이곳, 카슈가르. 이 도시 어느 거리에 그의 땀내가 배어있을까. 마르코는 현명하고 지혜로웠으며 뛰어난 정신의 소유자였기 때문에 당시 아시아 대부분을 지배하던 몽고제국의 칸, 쿠빌라이에게 신임을 얻어 17년 동안이나 칸의 특사로 일했다고 전해지지만 아직도 그에 대하여 가려진 부분이 많다. 그의 체험담이며 우화집인 《동방견문록》에는 불가사의한 구렁이, 발톱 달린 다리, 술통같이 굵은 몸통, 어마어마한 이빨들의 이야기가 나온다. 마치 오늘날의 판타지 소설을 읽는 느낌이다. 이러한 이야기들은 '미지의 세계에 대한 몽상을 통하여 자기 자신의 원형을 창출하려는 인간의 본능적 욕망' 때문이라고 누구는 정의했다. 인간의 욕망! 그것은 앞뒤가 없는 것이다. 뿌리 뽑히지가 않는 것이다. 뿌리는커녕 가지조차 자르기 힘든 것이다. 카슈가르의 밤은 현실과 상상을 오가며 혼란스럽고도 즐거웠다. 다리품도 팔지 않고 동전 한 푼 안들이고도 못 갈 곳이 없고 간취 못 할 것 없는 상상의 여행은 안전하고도 초고속이다.

사막왕자 – 우루무치

우루무치에는 비행기로 왔다. 풍경을 놓친 대신 시간을 얻었다. 세상일이 그저 얻어지는 게 없다는 건 어느 상황, 어떤 관계에서나 다름없다. 남쪽으로 가면 타클라마칸 사막, 서쪽은 실크로드 오아시스 우루무치에 인구 120만이 복닥거린다. 나는 호텔에서 곧장 박물관으로 왔다. 신장웨이우얼 자치구 박물관. 박물관답지 않은 조그만 방이 아늑하다. 전시품은 주로 미라들이다. 죽었으나 혈육보다 가까이 있는 낯선 이들. 부부합장 미라, 농부의 미라, 사막왕자, 어린 아이의 미라. 그리고 더불어 미라가 된 아이의 장난감. 그들은 뼈로 누웠으나 모양새가 분명하다. 3,200년 전 한 여자는 미인이고 한 남자는 훤칠하다. 지금은 남루하지만 호화로웠을 값비싼 피륙옷, 비단모자, 가죽신발. 책으로 대조해 보니까 진나라 실크인 그 옷은 주황색 바탕에 노랑, 파랑, 녹색으로 갖가지 동물을 짰는데 무척이나 해학적이다. 용을 탄 남자라든지, 성난 얼굴로 뒤돌아보는 용과 놀란 표정의 호랑이, 까딱까딱 졸고 있는 새.

얼굴을 들고 먼 곳을 바라보는 왕자의 움푹한 눈에 쓸쓸함이 가득 고여 있다. 아무리 퍼내도 솟아나는 샘물처럼. 허탈하게 벌린 입 안에 치아가 가지런하다. 골격이 크고 당당한 모습이 근육깨나 붙었었겠다. 이 남자가 누구였든, 몇 살이었든 그가 지닌 쓸쓸함의 무게가 만만치 않아 나는 계속 그 앞에 있다. 저 뿌연 유리막 좀 걷어 치워주고 싶다고, 그리고는 좀더 가까이 들여다보고 싶다고 생각하면서. 옆에 있던 동료가 나와 사막왕자를 가리키며 가이드에게 고해바친다. "이 여자가 저 남자를 좋아해요." 혹시 아는가. 어느 먼 생애에서 이 남자와 어떤 사이였는지. 어떤 사이가 될지. 확고한 죽음의 실체 앞에서 나는 내일의 갈 길을 유예한다. 막다른 곳까지 와 버린 느낌이다.

동해

떠도는 것들

떠도는 것들

이 글은 동해에서 지내면서 혼자 노는 아이처럼 심심하게, 때로는 놀이에 열중하면서 쓴 이런저런 이야기들이다.
나는 누가 무엇이 제일 부러우냐고 물으면 '아이들'이라고 대답한다. 아이들은 그 무엇과도 친화력이 강해서 그것과 금세 동화된다.
바다에서 아이들이 바다와 깔깔거리며 노는 그 거침없음, 완전한 즐거움을 볼 때면 내면에서 꿈틀거리던 어떤 것들이 살을 뚫고 기어나오는 것 같았다.

나는 그곳에 있는 동안만이라도 굳어진 관념과 허위로부터 벗어나기 위하여 생각을 줄이고 말을 삼갔다. 그러면서 나무와 돌과, 모래와 파도, 도마뱀, 개미, 고래, 낙타, 비바람, 불빛… 세상에 존재하는 모든 것들과 연관되기를 소망했다.
특히 글을 쓰거나 사물을 대할 때 있는 그대로를 보고자 늘 염두에 두고 있는 진정성과 투명성을 잊지 않으려고 노력했다.

잔가지를 치고 시든 잎을 가다듬다보니 글이 점점 짧아져서 한 편 한 편의 산문시 모양이 되었는데 그것들 가운데 맛좋고 영양 있는 열매 하나라도 열렸다면 참 좋겠다.

떠도는 것들

— 붕어빵 두 개만 싸주세요.

— 두 개를 싸달라고? 봉지값도 되지 안해.

— 손에 들고 가기가….

— 애덜은 그냥 들고 간다 마.

두덜거리며 담아주는 붕어빵을 나는 그래도 맛있게 먹으며 장날 구경을 한다.

쪼르르 삐뚤빼뚤 줄 선 곡식자루들. 그 안에 담긴 콩, 팥, 수수, 기장, 찹쌀, 보리….

대체로 동글동글 매끈매끈하다.

이쁜 조것들이 우리 몸을 살찌우게 한다고 생각하니 더 이쁘다.

곡식이 끝나고 깐 마늘이다. 이 많은 마늘들을 얼마나 오래 깠을까.

식구끼리? 이웃끼리? 그런데 마늘의 주인은 작고 수척한 할머니.

눈이 텅 비었다. 깜빡이면 주르륵, 외로움이 흐를 것 같다.

걸어온 길처럼 주름이 구불구불하다. 그러고 보니까 쪼그리고 앉아 나물이며

곡식을 파는 아주머니, 할머니들이 자루를 닮았다. 둥글둥글하

북평 장날. 살아 펄떡이던 멸치, 새우, 문어, 오징어들이 말리고, 썰리고, 다듬어져 가지런히 누웠다. 상자들이 마치 그들의 관 같다.

고 반쯤은 헐렁한.

보자기나 자루는 접으면 손바닥만한 것이 펼치면 물건을 감싸 안는 품은 여간 넓지 않다.

옛날엔 남자들이 맘에 드는 여자를 자루에 넣어 보쌈 했다고도 하니

자루의 쓰임이 두루두루 요긴하고 내밀하기까지 하다.

파장 무렵, 트럭 지붕 위에 종일 심심하게 올라앉았던 검은 고무 밧줄이 스르르 내려온다.

남은 물건을 차에 싣자 밧줄은 물건과 차를 뱀처럼 칭칭 감는다.

오늘 팔리지 못한 저 많은 것들, 내일은 어느 장터를 떠돌까.

떠돌다 떠돌다 어디서 그 한 생 그칠까.

바다고기, 육지고기

딱히 살 것도 없으면서 장날 구경 간다.

동해시는 해안도시라서 해산물이 푸짐하다.

광어, 도다리, 농어, 우럭들을 소쿠리에 가득 가득 회쳐 놓았고

키도 크고 몸통도 굵은 갈치는 숨이 끊겼을망정 반들반들하고 등등하다.

저 날것들, 소주에 절여져 뜨끈뜨끈한 누군가의 목구멍으로 술술 넘어가겠지.

골목에는 납작하게 다리 접힌 영덕게들이 피라미드처럼 쌓여 있다.

얼기설기 얽어 올린 부실한 기초공사로 상층부가 위태롭다.

저것보다 작은 게들이 갓 부화된 새끼거북을 잘근잘근 씹던 장면이 떠오른다.

안간힘을 쓰며 발버둥치는 아기 코끼리를 뜯던 표범 가족의 만찬도 생각난다.

먹고 먹히는 생존의 법칙. 이 세상에 없어야 할 존재는 없다고 했다.

정신이 흐려질 때 사람은 자기자신을 좀먹고 있지 않은가.

북평 장날. 농기구며 의류를 파는 노점.

새로운 골목이 시작되는 곳에서 김이 무럭무럭 피어난다.

이제는 육지고기의 향연이다. 보쌈, 족발이 얄팍얄팍 숭덩숭덩 썰리고 있다.

이 포장마차의 하이라이트는 삶은 돼지 머리.

돼지는 죽어서도 싱글싱글 웃고 있다. 저승의 그의 혼도 저렇게 웃고 있을까.

돼지와 마주 앉아 사람들이 고기와 술과 이야기를 버무려 먹고 있다.

즐거움의 양념을 솔솔 뿌리면서. 뒤통수에 잠시 서늘하게 쓸쓸함이 스친다.

쥐포 파는 여자

— 이것 좀 잡수소.

바닷가를 어슬렁거리는데 오징어, 쥐포 파는 아주머니가 부른다.

동글동글하고 희고 매끄러운 자갈 위에서

한 차례 찜질당한 오징어, 쥐포, 북어, 가자미가 널브러졌다.

그것들보다 잔뜩 달구어진 자갈들이 달그락 달그락 뭔 얘기 건넬 것 같아

빨간 플라스틱 의자에 엉거주춤 걸터앉는다. 내가 앉기가 무섭게 아주머니는

— 이 안주랑 우리 맥주 한 잔만 합시다.

내가 뭐라 하기도 전에 가자미를 뚝뚝 뜯어 내 손에 쥐어준다.

그러고 보니 그녀 얼굴이 벌겋다. 땅에는 빈 소주병이 누워 있고.

— 아주머니 소주 드셨나 보군요. 아직 대낮인데….

— 그려여. 쪼끔만 더 먹고 싶어. 내가 살 테니 딱 한 잔만 드시우.

저거가 우리 가겐데 영감 보면 혼나니까 몰래 가져 와야혀.

가지 말고 여기 있구랴. 꼭!

내 대답은 기다리지도 않고 휭 가버린다. 나는 난감한 채로 앉아있다.

그래, 저렇게 목마르게 조르니 할 수 없지. 혼자 와서 딱 걸렸지 뭐.

추암, 촛대바위 : 추암의 명물, 촛대바위.
여기서 보는 일출이 아름다워서 사람들이 많이 찾는다.

나는 크게 선심 쓰는 기분으로 고쳐 앉는다. 헌데 이 아줌마, 한 잔만 하자더니

두 병이나 가지고 와서는 마음이 급한지라 콸콸 따르면서 죄다 쏟는다.

— 아주머니, 제가 따를게요.

불시에 벌어진 술판. 졸지에 공범자가 된 나는 켕겨서 가게 쪽을 힐끔거린다.

아, 이렇게 마시는 술도 있구나. 불과 15분 남짓?

콩 튀듯 시작하고 끝내더니 아주머니는 나를 거들떠보지도 않고 말짱하게 장사를 시작한다.

— 쥐포랑, 오징어, 가자미 잡숫고 가요.

술도, 장사도 프로다. 나는 공연히 멋쩍어져서 셔츠 깃을 올리고 갈매기들에게 간다.

오뎅과 붕어빵

날은 아직 쌀쌀한데 장터에 꽃이 많이 나왔다. 그러나 봄처럼 화사하지는 않다.

"무조건 몸에 조은 산서베리. 음이온 100%"

엉성한 문구가 재미나서 웃음이 나온다.

세태를 반영하듯 여기서도 산세베리아가 단연 인기다.

서울에 비하면 공기청정이 굳이 필요할 것 같지도 않은데.

조그만 분홍 얼굴이 아까부터 방긋거려 쳐다보니 이탈리아 봉숭아.

나는 반사적으로 집어든다. 낼은 서울 가야 하는데, 두고 갈 수는 없는데….

하면서도 품에 안는다. 모시고 가마. 이쁜 놈아!

유난히 사람들이 바글거리는 곳을 기웃해보니 오뎅포차.

출출하던 차에 나도 비집고 끼어든다. 국물 담아먹는 종이컵을 천장에

매달아 놓은지라 사람들이 꺼내다가 자주 오뎅통 속에 빠뜨린다.

그걸 집어내는 손님에게 주인은 경고한다.

— 컵 걱정하지 말고 옷이나 태우지 마요.

거꾸로 매달린 넓적한 물고기가 물구나무하고 있는 것 같다. 힘들어서 입을 벌리고. 아주머니는 아랑곳없이 열심히 마늘을 까고 있다.

여자가 컵을 집으려 몸을 수그릴 때 옷이 불 가까이 닿는 모양이다.

그래도 또 여자가 컵을 건지니까 이번엔 주인이 야단을 친다.

— 옷 태우고 물어달라 소리하면 나 싫소.

여자는 머쓱해서 기죽은 소리로 "알았어요" 하니까 옆에 있던 남자가 거든다.

— 아저씨 컵 못 쓰게 될까봐 그러는 건데….

옆은 붕어빵이다. 붕어빵은 어느 도시나 인기다.

작고 오동통한 여자가 지나다가 묻는다.

— 아저씨 얼마예요?

—네 마리 천 원.

귀여운 여자가 혀를 차면서

— 불쌍해라 붕어가 네 마리 천원 밖에 안 하다니….

나는 다시 여자를 쳐다본다.

'불쌍한 붕어'를 호호 불어가며 먹는 보조개에 장난기가 오물오물 담긴다.

나는 반찬거리는 사지 않고 딸기와 강정을 사들고 오는데 누가 툭 친다.

— 곶감 사요, 한 바구니에 무조건 5천 원.

하면서 잘 길든 가위로 뭉텅 잘라준다. 달다.

곶감장수, 꼭 엿장수 같다.

5일마다 열리는 북평 장날. 도로에 순식간에 커다란 파라솔이 펴지고 양쪽으로 노점이 늘어선다. 사람들은 서로 엉덩이를 부딪치며 좁은 통로를 다니면서 물건을 산다.

웅크리고, 얼어붙고

— 이 취나물 좀 사시우.
— 오늘 웬 나물이 이렇게 많지요?
— 아 모레가 정월 대보름 아니래요.
참 그런가. 어쩐지 어젯밤 달이 환했지.
나는 다 먹지도 못할 거면서 이것저것 산다.
— 자, 이건 덤.
산 것보다 덤이 더 많다.
나물이고 생선이고 밧줄이고 꽁꽁 얼었다.
차들이 뜸한 도로도, 맨살의 우체통도 발갛게 얼어 빳빳하다.
추암 해수욕장에서 오는 버스도 속이 비어 춥다.
버스는 썰렁함을 태우고 후들후들 멀어져간다.
옹기종기 웅크리고 몰려 앉은 장터엔
저마다의 입김만이 허공을 잠시 녹이다 사라진다.

가문의 깃발처럼

내 몸 하나 겨우 비집고 앉을 수 있는 바위 그늘.
한 여름 추암에서의 나의 그늘막이다.
요 작은 바위가 내 등을 지탱해 주고 숨을 트게 해준다.
서너 시간 쪼그리고 앉아 있다 보면 온몸이 뻐근하지만
머릿속은 분리수거 한 것 같이 개운하다.
발가락 갈피갈피로 모래가 솔솔 비집고 들어와 발이 미어진다.
지구를 휘돌아 온 듯이 지그시 붓는다.

아빠와 아이가 모래바닥에 앉아 갈매기 깃털 하나를 꽂는다.
그들 가문의 깃발이라도 되는 듯이. 그러나 깃털은 잠시 휘날리다가
이제는 쇠락해가는 가문의 기운처럼 기우뚱해진다.
무릎을 세우고 앉은 아빠는 유난히 팔이 길어 고릴라를 닮았다.
아이가 아빠를 올려다보며 연신 조잘대지만 그는 바다만 보고 있다.
파도가 깃털을 쓰러뜨리고 갔으나 그는 젖은 모래 바닥에 무엇인지 열심히 새긴다.
잠시 휘날리던 그들 가문의 영광을 기록하는 것일까.

저 부호가 사라지기 전 햇빛에 바짝 구웠으면 좋겠다.

단단하게 구워말려 수천 년 흐른 뒤, 이곳을 찾아온 어느 한 사람에게

골똘해지는 그 무엇이 되면 좋겠다.

웅이

추암에 오면 먼저 웅이에게 간다.

웅이는 곰처럼 생긴 바위인데 모래사장 끝에 혼자 서서 우두커니 바다를 보고 있다.

추암에서는 단연 촛대바위가 인기인지라 웅이는 이름도 없고 사람들도 잘 알지 못한다.

내가 붙인 이름 웅이. 부를수록 정든다.

오후에는 웅이 다리까지 물이 차서 그에게 가지 못하기 때문에 대체로 오전에 온다.

추암 입구에 들어서서 웅이가 보이기 시작하면 나는 손을 흔들며 웅이야! 부르며 뛰어간다.

그러면 웅이도 점점 다가오는 것 같다. 나는 웅이 등에 올라가 머리도 만지고 귀도 만진다.

그리고 노래를 불러준다. 웅이가 노래를 좋아하는지 아닌지도 모르면서.

오늘 보니 웅이 귀에 누가 사탕 껍데기를 두 개 낑겨놨다. 다른 사람들도 애 등에올라 타는가 보다. 싫지 않을까? 내려가야겠다. 그렇지만 등에 올라와야 얼굴을 만질 수 있는데….

중얼거리며 사탕 껍데기를 주머니에 넣는다.

추워지면 갈매기들이 모래사장에 몰려와 오랫동안 움직이지 않는다.

오늘도 양지 쪽에 수백 마리가 앉아 있다. 나는 그들과 마주 앉아 노래를 불러 본다.

시끄러울까봐 처음엔 작은 소리로 자장가를 불렀다. 날아가지 않아서 조금 크게, 조금 더 크게, 점점 크게….

나는 이 흰옷의 우아한 청중들 앞에서 부르는 것이 신이 나서 계속 하다 문득 햐, 시끄럽겠다 싶어 그치고는 그들에게 공손히 인사를 하다가, 파도에 출렁출렁 떠밀려 오는 어떤 물체를 보았다. 불긋불긋하고 물컹물컹하고, 문어같이 다리가 많으면서 매우 굵다. 그리고 알처럼 생긴 바글바글한 갈색 알갱이들이 잔뜩 흐물거린다. 저게 뭐지?

무섭기도 하고 징그럽기도 하고, 그렇지만 저걸 바다로 보내줘야 할 것 같은데

도저히 손으로 떠밀어 줄 수는 없고 어떡하나?

이럴 때는 사람 좀 있어줬으면 바라면서 둘러봐도 역시 아무도 없다. 그러는 사이 그것은

점점 더 내 앞으로 떠밀려와 이제는 제 힘으로 바다로 돌아갈 수 없는 지경이 되었는데

추암 촛대바위

이미 죽은 것 같다. 다리 하나가 툭 잘려 나온다. 물큰하고, 허옇고, 팅팅 불어터진 다리.

다리 따로 몸 따로 흐느적거리는 것이 더욱 징그럽다.

돌아서 오는데 영 마음이 개운찮다. 가슴이 시큰거린다.

공중누각

아직 물놀이하기는 이른 계절이지만 아이들은 아랑곳없다.
바지는 걷었어도 허벅지까지 다 적시며 바다와 논다.
파도와 한통속이 되어 깔깔거리는 아이, 조개를 한 움큼씩 건져서
엄마에게 가져오는 아이, 모래성을 쌓는 아이, 공 차는 아이,
엄마 무릎을 떠나지 못하는 아주 작은 아이.
잡힌 조개는 엄마의 바가지에서 할딱이고 엄마는 많이 잡아오라고 소리친다.

아이들이 합세해서 쌓아올리는 공중누각. 바빌론의 공중정원이 저러했을까?
뿌리, 뿌리 내리면 좋겠다. 아름다운 저 누각.
나는 오로지 이 부드러운 모래밭에서 한바탕 춤추고 싶다.
춤으로 딱딱한 몸과 맘 풀고 저 수평선과 저물도록 눈 맞추고 싶다.
아이들처럼 내키는 대로 뛰놀 수 있었으면. 단순했으면.

아이들은 바다 안에 있고 나는 바다 밖을 맴돈다.

간지럼이 호기심을 불러…

겨울인데 봄날 같다. 모래사장에 누우니 등이 따끈따끈하다.

근사한 옷이라도 만들려는지 수십 마리 갈매기가 허공을 이리 저리 재단한다.

파도가 줄기차게 달려와서 거품을 뿜으며 고꾸라지면서
모래를 휩쓸어갈 때마다 맨발바닥이 간지럽다.
간질이는 것이 파도뿐일까

잠 못 드는 밤이면 어디선가 들어본 상여소리가
뒤숭숭한 꿈 타래가 머릿속을 간질인다.
간지럼이 호기심을 불러 나는 일어나 바다로 들어간다.
조심해도 바짓가랑이가 금세 젖는다.

> 파도에 쓸려가는 모래가 발바닥을 간질인다
> 만가를 부르는 무당의 목떨림이 목구멍을 간질인다
> 고수의 추임새 따라
> 흰 무명 혼의 길을 헤매다
> 지상의 돌밭에 처박힌 밤

어허, 넘자 어허허
저승길이 먼 줄 알았는데
문 앞이 저승일세!
어허, 넘자 어허허

상여 소리, 내 귓불을 밤새 간지럽힌다

밤이면 꿈과 혼이 결탁하여 머릿속을 간질인다
그것들에 홀려 세상 밖으로 나가면
오, 아름다운 헛것들, 휘황한 것들
들큰하고 시큼하고 흐물거리며, 발목을 붙드는 질긴 것들
그러나 더듬어보면 어디선가 마주쳤던 낯익은 것들

끈끈한 그것들을 굴비처럼 꿰어 차고
비틀비틀 꿈 밖으로 돌아오니
아침이 어찔어찔하다

—간지럼이 호기심을 불러

말을 타기보다 배에 돛을 달았다는 고대 그리스인이나 페니키아, 에트루리아인들.

지금 이곳에 있다면 서슴없이 돛을 달고 저 수평선 너머로 사라지겠지.

'망망대해' 를 남아공화국 희망봉에서 실감했었다. 확실히 달랐다.

바다도 산도, 강도 급수가 있는지 인더스는 유장하고 비르밤바는 격렬하다.

세상의 장면은 페이지를 넘길 때마다 무상, 무쌍하다.

파도가 꼭 호흡 같다. 일어났다 사라지고…. 사라졌다 일어나고….

추암, 형제바위 : 형제처럼 나란히 있는
두 개의 바위. 갈매기가 여기서 자주 쉰다.

갈매기와 공

추암 입구 터널을 나와 바다가 막 보이기 시작했을 때

거품 휘날리며 옆으로 밀려가는 파도를 보고 흰 수염 성성한 물고긴 줄 알았다.

처음 와보는, 아주 멀고 오래된 곳에 온 것 같았다.

모래사장에 우르르 모여 있는 갈매기를 보고서야 아, 여기이~

아주 잠깐 사이의 착시. 착각. 얼떨떨함.

갈매기들 발가락이 발갛게 얼었다.

힘을 아끼는 걸까. 날지 않고 웅크린 채 움직이지 않는다.

바다도 겨울엔 등이 시린지 더 시퍼래 보인다.

늦은 오후 횟집 아저씨가 생선 찌꺼기를 들고 온다.

꿈쩍 않던 새들이 화르르 달려든다. 어떤 세계에서든 먹이는 힘센 자의 몫.

어떤 녀석은 오다가 포기하고 어떤 놈은 다른 녀석의 것을 낚아챈다. 공중에서.

나는 그 민첩한 동작과 숙달된 기술에 감탄하면서 치열한 공중전을 구경한다.

자세히 보니까 주둥이 색깔도 가지가지다. 노랗고, 검고, 희고….

새떼의 덩어리가 거대한 꽃잎 같다. 순식간에 피었다 지고 다시 피어나는.

저편 모래사장에서 한 남자가 스티로폼로 만든 공을 차서 바다로 보낸다.

공은 바다로 떠갈 줄 알았는데 파도에 밀려 계속 해안을 맴돈다.

이리저리 휩쓸리며 바위에 자꾸 부딪히는 것이 안돼 보여 건져서 구석진 바위틈에 올려놓는다. 누군가 보면 또 계속 발길질할 것 같아서.

영화 〈캐스트 어웨이〉에서 톰 행크스가 무인도에 혼자 있을 때 배에서 건진 공을 '윌슨' 이라고 부르며 애지중지하던 생각이 난다.

명명하여 불러주고 사랑하면 무생물도 가족이 될 수 있음을 보여주면서.

다음에 내가 여기 다시 올 때도 저 공이 그대로 있을까?

이름이라도 지어주자. '다원' 이라고. 나는 까까머리 다원이를 쓰다듬는다.

다원이가 내 손을 부드럽게 궁글린다.

하늘문

단풍 놓칠까봐 부랴부랴 왔다. 두타산 초입에서 주춤거리다가 '옛길' 로 접어든다.

이 길은 등산로가 아니고 계곡으로 올라가는 길이라 평탄치는 않겠지만

계곡에 드리워진 단풍이 더 볼만할 것 같았기 때문이다.

그러나 단풍은 아직 下山하지 않았다. 바위와 바위를 건너뛰며 가는데 어떤 스님이

혼자는 위험하니 가지 말라 한다. 말 들어야지. 다치면 데리고 갈 사람도 없는데….

마음을 고쳐먹고 편안한 등산길로 올라간다. 하이힐 신었다가 운동화 신은 기분이다.

쌍폭 직전 다리에서 이쪽 저쪽 가늠해보니 신선바위에서 바라보는 풍경이 무지 곱다.

삐죽삐죽한 바위 틈틈이 단풍이 소담스럽게 담겼다. 무지개떡처럼 켜켜이

《다빈치 코드》의 댄 브라운 식으로 말하자면 남성과 여성의 교합 같다.

하늘문.
밑에서 올려다보면 하늘이
사과 한 쪽만큼 보인다.
가파른 계단을 숨차게 올라가면
꼭 하늘에 닿을 듯하다.

봉우리가 딸기코처럼 빨간 것이 비타민도 썩 많겠다.

그러나 따 먹으려면 힘깨나 들겠다.

— 제가 이 산을 20년째 다녀서 구석구석 잘 아는데 설명해 드릴 테니 같이 가시죠.

뒤에 오던 남자가 말을 건다. 옆엔 여자도 있다. 나는 잠시 망설이다가

— 괜찮으시다면….

— 왜 혼자 다니세요? 애인 하나 만들어서 같이 다니시지. 우리도 부부는 아니래요.

묻지도 않는데 고백부터 한다. 나는 할 말이 없어서 그냥 웃는다.

신선바위에서 이 얘기 저 얘기를 듣다가 갈림길에서 헤어진다.

설명듣기보다 혼자 걷는 편이 좋다. 내키는 대로 가면 되지 지식이 필요하겠나.

산에 올 때마다 욕심 부리지 말자 하고는 또 욕심낸다.

'문간재' 에서 내려오는데 '하늘문' 표시가 들썩들썩 나를 부추긴다.

하늘문이라는데 어찌 안 갈 수가…. 나는 늘 걷잡을 수가 없다.

역시 하늘로 통하는 길은 지난한지라 거의 수직에 가까운 좁고 가파른 계단이

기를 죽인다. 그 끝이 정말 하늘에 닿은 듯이 보인다. 그래도 가

야지.

이럴 땐 마음을 내려놓는 게 제일이다.

얼만큼 가야 하나 헤아리지 말고, 끝이 있겠지 하고.

농익은 지구의 가을을 받으소서

어지간히 싸들고 다니기 싫어하는 내가 도시락 싸고 보온병에 물을 담는다.
사실 연달아 산에 다녀서 어제부터 허리가 좀 쉬자고 졸라대는데
못 들은 척 집을 나선다. 며칠 허리에게 혼날 각오를 하고.
어제 두타산 매표소에서 산성주변의 경치가 절경이라는 정보를 입수했는데
어떻게 참으라고. 대신 천천히, 아~주 천천히 걸으마.

산성 오르는 길은 가파르지만 다행히 길지는 않다. 1.2킬로미터.
과연, 사선으로 좌악 늘어선 절벽과 단풍이 별천지다.
어떤 거대한 손이 쥐었다가 문득 펼쳐 보인 것 같아 얼떨떨하다.
다시 그 손이 거둬갈까봐 조바심도 난다.
나는 아득한 절벽 위 약간 움푹한 자리에 진을 친다.
주먹밥에 커피에 몇 잔의 포도주도 있으니 즐겁기 그지없다.
건너편 골짜기에는 수도굴도 있다 하고 폭포도 있다지만
오늘은 끝내 이곳을 사수하리라.
한눈에 각인된 아름다움이 나를 통째로 삼켜버렸으니까.

두타산성 주변에 단풍 든 모습. 깊은 계곡 절벽마다 붉음이 뚝뚝 흘러내린다.

암벽 사이
뭉게뭉게 단풍이 피어난다
저 걷잡을 수 없는 色의 떼
봉우리마다 붉고 노란 용광로다

농익은 지구의 가을을 받으소서!

– 지구의 농익은 가을을 받으소서!

하늘은 아직 가을중

11월 마지막 월요일.

다른 때 같으면 등산객이 아직 오르내릴 시각인데도 산은 고요하다.

단풍은 이미 한 달 전쯤 썰물처럼 밀려갔고, 겨울로 접어들자 그나마

띄엄띄엄 오가던 사람들도 일찌감치 하산해 버렸다.

봄가을이면 사람들이 북적대는 신선바위 올라가는 계단 152개 칸마다 낙엽이 수북하다.

나무에 붙어있는 잎보다 바닥에 쌓인 잎이 훨씬 많은 계절.

나무 위를 쳐다보면 쓸쓸하고 아래를 내려다보면 풍성하다. 그래도 하늘은 아직 가을중.

산이 썰렁해서 몸이 으스스한가 했더니 새벽에 방 안이 추운데도 일어나기 싫어서

난방 스위치를 켜지 않아 그런 것 같다. 그것이 뭐 그리 귀찮다고….

감기가 걸려도 게으름 탓이다. 몸에 민감해지지 말자.

터덜터덜 내려오면서 보니까 계곡 바위 사이사이에 낙엽이 잔

신선 바위에서 바라본 두타산 단풍.
단풍이 무르익으면 바위와 어우러져 없던 한 세계를 이룬다.

뜩 갇혀 있다.

물론 나의 관점에서 갇혀 있다고 하는 것이고 낙엽은 그냥 떨어져 있는 것일 게다.

그러나 나는 그 '고여 있음'이 답답해 보여 '어떻게든 움직여봐!' 하고 말한다.

사물을 있는 그대로 보려고 노력하면서도 이렇게 잠시잠시 해석이 끼어든다.

공연히 이런저런 헛마음 일으키다가 험하지도 미끄럽지도 않은 곳에서 엉덩방아를 찧었다.

'상'에 대한 분별심을 놓지 못하는 한, 망상은 끊임없이 끼어든다고 누누이 들어오건만….

걷는데 왼쪽 엉덩이가 시큰시큰한 것이 세게 찧었나 보다. 떡도 아닌데.

삼화사에서 좀 쉬려고 했더니 무슨 행사가 막 끝난 참이라

법당이고 마당이고 북적북적하다. 나는 요사채 쪽마루에 걸터앉아 커피를 마시면서

전에는 없던 현수막을 보니 지난 10월에 스님의 학춤 시연이 있었다.

그것 참 볼만했겠는데…. 불붙은 단풍 아래 하얀 학 한 마리.

얼마나 고고했을까? 너울너울 불바다 헤치며 어디로 날아올랐을까?

약수터로 가서 오르르 몰려선 동자 인형들에게 인사한다. 안녕? 언제 봐도 귀엽고 웃음이 절로 나오면서 마음이 환해진다.

나는 언제 저와 같아지리.

털고 일어나 화장실에 들어간다. 삼화사 화장실은 등산객들이 산에 오르려 할 때, 혹은

내려와서 으레 이용하는 화장실이다. 입구에 아예 그렇게 쓰여 있다.

그런데 언제 와도 깨끗하다. 오늘은 금세 청소했는지 발 딛기가 미안할 정도로 정갈하다. 앉아서 문 안쪽에 써 붙인 글귀를 읽는다. '땅에서 넘어진 자는 땅을 짚고 일어나야 한다.

생각과 감정으로 낭패를 본 자는 그 생각과 감정을 통해서 깨달음에 이르러야 한다.'

고려시대 보조국사의 말씀이다. 그 구절을 곱씹으면서 주차장으로 내려온다.

오늘, 생각과 감정으로 낭패를 본 자, 그게 바로 나 아닌가.

단풍이 무르익어,

3일째 산에 온다. 단풍에 홀리고 하늘에 홀려서.

오늘은 '문간재' 에서 '사원터' 로 가고 있는데 사람 다닌 흔적이 별로 없다.

날아서들 다녔나? 단풍이 무르익어 붉음이 물컹, 물러터질 것 같다.

그 붉음이 바닥에 낭자하다. 아, 이래서 날아다녔나 보다. 발 디딜 수가 없으니.

휘황해서 나는 가끔씩 외면하지만 어딜 봐도 그 핏빛, 피할 수가 없다.

사원터엔 작고 휑한 대피소만 있다. 사원의 빌미가 보이지 않는다.

하긴, '터' 라는 곳은 눈으로 아는 것이 아니라 감으로 느끼는 것 아닌가.

오늘도 나는 여기서 돌아서지 못하고 '칠성폭포' 에 또 솔깃한다. 거기까지만….

그곳의 배후는 으스스하다. 그늘이 짙어 검다. 걸음이 빨라진다.

거리상으로 거의 다 온 것 같은데 폭포는 없고 청옥산 등산로라는 표지판이 나온다.

청옥산이라니. 두 산이 연계되어 있는 것은 알지만 갑자기 산 이름이 바뀌니까 느닷없다. 일단 좀 쉬자. 쉬고 싶은 장소는 아니지만 누군가 오기를 기다릴 겸.

반가운 기척이 난다. 발걸음 소리. 나처럼 날개 없는 사람이 오는구나.

물어보니까 조금 전 내가 들여다보고 지나왔던 그 움푹한 곳이 폭포라고 한다.

밑에서 위로 보는 것이 아니라 위에서 밑으로 내려다보는 폭포라고.

사실 폭포랄 것도 못 된다. 그냥 골짜기에 물 흘러내리는 정도.

씁쓸하지만 떨쳐버린다. 이런 적이 한두 번인가 뭐.

소나무와 산수유

4월 초순, 봄은 아직 여기 도착하지 않았다.

썰렁한 산에 물소리만 쩌렁쩌렁하다.

겨우내 얼음에 덮여 있던 답답함을 쏟아내는 것일까?

붉은 소나무 옆에 바싹 붙어 산수유가 몇 개 겨우 피었다.

산수유는 개나리에 비해 색깔이 점잖아서 눈에 잘 띄지 않는다.

털북숭이 노란 꽃이 바람 불 때마다 소나무 정강이를 살살 긁는다.

간지럽지도 않은지 소나무는 끄떡없다.

나는 산수유에 손바닥을 대본다. 꽃은 그 여린 솜털로 내 손바닥을 간질인다.

손을 가만히 쥐고 펼 때마다 산수유가 피고 진다.

두타산에는 크고, 붉고 미끈한 소나무가 참 많다.

쌍쌍이, 여럿이, 혹은 홀로. 한몸이다가 둘로 갈라서거나,

갈라섰다가 다시 포개졌거나 이리저리 얼크러졌거나….

사람과 사람 관계도 저렇지 않은가?

그러나 산성 꼭대기 바람꽃이에 혼자 있는 이 작은 소나무.

눈물 나게 이쁘다. 머리는 다붓하고 몸은 나긋하다

나는 그의 길고 매끈한 발가락 하나에 앉아서 말 건다.

춥지 않니? 쓸쓸하지도 않고?

— 해가 지기 시작하는데, 내려가셔야 할 겁니다. 금세 어두워지거든요.

발걸음 소리도 없이 한 사람이 올라와 염려해준다.

든든하다. 알지 못하지만 친절한 사람들이 주변에 있으니.

나는 길을 아끼면서 느릿느릿 내려온다.

내일은 자동차로 도배된 서울 한복판으로 가야 하므로.

산이 어디 갈라고요?

무릉계곡 단풍이 한껏 차려낸 홍등가에서 단풍과 질탕하게 놀다가 배가 고파서

텅 빈 무지개 음식점 툇마루에 앉아 밥을 먹는데

— 혼자신가 본데 이리 오셔서 같이 드시죠.

막 들어와 음식을 주문한 남자와 여자가 부른다.

심심하던 차에 나는 주저없이 그들에게 간다. 30대 중반쯤 되었을까?

— 어디서 오셨어요?

누구나 처음 질문은 그거다.

— 서울에서요.

— 우리도 서울서 왔는데 설악산 가는 길에 들렀어요.

남자가 자주 일어나 담배 피우러 나간다.

— 여기서 그냥 피우세요.

— 저이가 술을 무지 좋아하는데 운전 땜에 지금 못 마시니까 저래요.

여자는 덩치만큼 씩씩하고 술도 잘 마신다. 게다가 정답다.

오래간만에 기분에 맞는 사람들과 어울려 시간 가는 줄 모르다가

이 친구들 갈 길이 먼데 보내야지 생각하면서 나는 계산대로 간다.

— 너무 늦었네요. 설악까지 꽤 걸릴 텐데….

— 뭐 누가 기다리는 것도 아니고, 산이 어디 갈라고요?

말도 참 순하게 한다. 서로 전화번호를 주고받았지만 그저 지금의 기분일 뿐.

길에서 만난 사람은 길에서 헤어지게 마련이다. 흘러가는 물처럼.

부처님 얼굴 보고 싶으세요?

— 부처님 얼굴 보고 싶으세요?

법당을 기웃거리고 있으니까 청소하던 보살이 묻는다.

— 네. 철불이라서 어둡네요.

고맙게도 보살은 불을 모조리 켜준다.

어둠이 확 걷히자 범선처럼 홀연 떠오르는 검은 노사나불(盧舍那佛).

— 아, 참 원만하시군요.

이런 부처님 얼굴을 매일 대하시니 참 좋으시겠어요.

보살이 씩 웃는다.

— 엊그제 KBS에서 취재해 갔는데 담주 목요일에 TV 한번 보세요,

부처님 등에 글자가 새겨져 있다고 하던데.

— 그래요? 꼭 봐야겠군요.

집에 돌아와 달력을 내려 17일에 울타리를 친다. 紅蓮의 빛깔로.

내가 너를 닮게 해다오

석가탄신일이 되어 간다고 법당에서는 연등을 떼어내고 청소중이다.

나는 들어가지 못하고 뜰에서 서성거린다.

전에는 보지 못했던 개들이 떼지어 다닌다. 누렁이 깜장이 점박이….

까만 놈은 꼭 새끼 흑곰 같다.

저희끼리 희희덕대는데 깜장이는 사람만 따라다닌다.

스님 다리 사이로 들락거리며 입을 오물거린다. 반야심경이라도 외는 건지.

나는 약수를 마시며 약수터에 쪼르르 몰려 앉은 동자승 인형을 찬찬히 본다.

배꼽 내놓고 천하태평인 아이. 물통 지고 끙끙대는 아이, 점잖게 합장한 아이.

입보다 눈이 더 웃는 아이는 바지벗어 내리고 가랑이 사이로 까꿍 하는 중.

그래, 가랑이 사이로 보는 세상이 어떠냐 얘야!

뜰 한쪽에 차와 불교용품을 파는 가게가 있어서 들어가 본다.

손님도 주인도 없는 실내에 향이며 다기, 주머니, 인형, 책…들이 빼곡하다.

나는 개구쟁이 동자인형을 하나 손바닥에 올려놓는다.

아가, 오늘부터 우린 식구다. 내가 너를 닮게 해다오.

손님보다 늦게 도착한 주인에게 당귀차를 주문하며 책을 구경한다.

몸집이 비슷비슷하다. 그러나 각각의 무게는 졸음 쏟아지는 눈꺼풀 같으리라

천하장사도 들어올리지 못하는.

책제목을 훑어보다가 천둥 같은 서언에 눈이 번쩍 띄어 펼쳐본다.

《나는 여성의 몸으로 붓다가 되리라》. 당차기도해라, 용맹스럽기도 해라.

책의 주인공 텐진 빠모. 어서 그녀를 만나고 싶어서 서둘러 나온다.

아직 훤하지만 걸음이 모처럼 빨라진다.

삼화사 경내 감로수 앞에 놓인 동자 인형들. 하나같이 맑고 귀엽다.

텐진 빠모

삼화사에서 샀던 책 《나는 여성의 몸으로 붓다가 되리라》를 읽고 나니 눈물겹다. 어떻게 여자 혼자 4천 미터나 되는 높은 산속 동굴에서, 그것도 1년 중 8개월은 눈과 얼음으로 세상과 고립돼버리는 그런 곳에서 12년 동안이나 지낼 수 있었단 말인가? 선택된 사람이 아니고는 불가능하다. 그녀는 분명 구도자로써 태어난 것일 게다.

책에 요약된 텐진 빠모는 이렇다. '텐진 빠모는 1943년 런던에서 상인의 딸로 태어났다. 출가 전 이름은 다이안 페리. 어려서부터 고독한 삶과 동양, 완전성을 동경하면 성장했던 그녀는 불교에 관심을 갖게 되었고, 스무 살 때는 내면의 소리를 좇아 인도행 배에 몸을 실었다. 그곳에서 그녀는 영적 스승 캄트룰 린포체를 만났고 서구 여성으로서는 최초로 수백 년 동안 여성에게 금지된 영역으로 존재해 왔던 티베트의 수도원 제도 안으로 발을 들여놓았다. 그녀는 수천 명의 수도승들 중 유일한 여성이었다.

그녀는 그곳에서 여성이라는 이유로 다른 남성 수도승들과 수행은 물론 일상적인 활동조차 함께할 수 없을 정도의 극심한 차별을 경험하였다. 그리하여 아무리 많은 생애를 거치더라도 반드시 여성의 몸으로 완전한 깨달음을 이루겠다는 서원을 세우고 인도 최북단에 있는 타율 곰파(선택된 장소라는 뜻의 티베트어)로 떠났다.

도저히 뚫고 지나갈 수 없을 정도로 쌓인 눈과 얼음장벽. 1년 중 8개월은 세상으로부터 완전히 단절된 그곳에서 텐진 빠모는 동굴수행 12년을 포함한 총 18년간의 은거수행을 하였다. 이로써 그녀는 여성의 영적 능력을 몸소 증명하였으며, 고매한 영혼과 깨달음을 향한 확고한 신념으로 영적 성취를 이룬 티베트 여성들의 계보를 잇게 되었다.'

놀라워라! 보통의 사람들과는 너무나 다른 존재인 그녀에게 나는 감동할 뿐이다. 다른 일들과 마찬가지로 수행 역시 내적 기쁨이 수반될 때 지속할 수 있다. 도(道)에도 즐거움이 있어야 한다고 단양의 어느 산 이름은 도락산(道樂山)이다. 그러나 수행이 기쁨이 되기까지는 그 길이 너무도 멀고 험해서 기쁨 이전에 대개의 사람들은 궤도수정을 하거나 도중하차하게 마련이다.

텐진 빠모는 행복을 추구하는 사람들에게 이렇게 말한다. 행복에 집착하다 보면 행복이 또 다른 장애물이 된다고. 성숙한 수행자들은 행복의 공허한 성질을 꿰뚫어볼 수 있다고.

컬럼비아 대학의 인도 티베트학과 교수인 로버트 서먼 교수가 명상에 대하여 정의한 것이 흥미롭다. 명상은 명상자가 그냥 가만히 앉아 있는 것이 아니라 기술적으로 자기 신경체계를 분리시키면서 의식의 깊은 곳으로 내려가는 것이며, 그것은 워드 프로세서를 사용하면서 컴퓨터칩 속에 들어가 있는 것과 같다. 그리하여 컴퓨터의 기계어 아래, 반원자 차원 아래까지 내려갔을 때 명상은 더 이상 신비로운 종류의 일이 아니라 진화의 최고단계가 되는 것이라고 말한다.

기어이 텐진 빠모가 이생에서 성불하게 되기를…. 자신의 목표를 이루고 중생을 구제하는 또 하나의 성자로 거듭나기를…. 합장!

동해역

나는 동해역을 좋아한다. 어딜 가지 않아도 곳곳으로 들고 나는 시간표와 장소를

구경하다 보면 순식간에 한반도 구석구석을 누비게 된다.

작지도 크지도 않은 동해역은 조용하고 정갈하다.

직원들도 친절해서 내가 이것저것 물어봐도 귀찮아하지 않는다.

작은 매점에는 먹을 것과 볼 것이 있어서 나는 《연금술사》를 샀다.

그러나 새장에 갇힌 백문조와 잉꼬 한 쌍을 볼 때는 유쾌하지 않다.

하긴 저희끼리 다정하고 그 세계에 만족한다면 나는 부질없는 염려를 하는 거겠지.

자의적인 해석은 얼마나 많은 오해를 불러오는가.

찬찬히 둘러보니까 금붕어도 있고 분재도 여럿이고 수석도 꽤 있다.

선인장은 곧 꽃을 틔울 태세다. 구석에 몰아붙이듯 놓여 있어서 꽃이 아니면

그의 존재를 알리기 어렵겠다.

화장실 가는 통로에는 박을 엎어놓고 그 위에 시를 썼다.

세련된 인테리어는 아니지만 이것저것 모아다가 정성을 들였다.

역 바깥에는 작은 광장이 있는데 중앙에 스팀 기관차 모형이 있다.

이름하여 〈르네상스 호〉. 1899년 노량진-제물포 간을 처음 운행한 기관차의 모형이다.

르네상스라고 명명한 것은 앞으로 21세기의 철도가 중국과 유라시아를 거쳐 유럽에 이르는 '유라시아 철의 실크로드' 시대가 열리게 되기 때문이라고.

실크로드—그 길은 멀고도 황량하다. 초원의 길, 담비의 길, 삼림의 길, 유목의 길….

그 길은 무역을 위한 상인은 물론 순례자나 탐험가, 고고학자, 선교사. 항해사들이 목숨을 담보로 거쳐 간 길이다. 그 길은 1,500년 이상이나 육로와 해상로로써 동서양을 이어주면서 경제와 역사, 문화, 종교를 이룩하고 융성시키며 전파한 길이다.

우리 귀에 익숙한 현장이나 혜초, 마르코 폴로도 지난한 이 길을 걸었다.

내가 오랫동안 가보기를 소망했던 파키스탄의 복합적 유적지 탁실라나 간다라 지역,

사마르칸트와 둔황도 그 길 위에 있다.

냅다 중앙아시아로 내닫는 마음을 붙잡아 다시 대한민국 강원도 동해시로 데리고 온다.

광활한 초원과 만년설을 접어두고 역 주변 골목골목을 어슬렁거린다.

발목을 거는 찻집이나 음식점이 있나 눈여겨보지만 구미가 당기는 곳이 없다.

햇볕도 좋은데 오늘은 그냥 걷자. 번잡하지 않은 길들이 지그시 소매를 잡아끄니.

태백 갔다가,

— 스위치백 구간이 어디부터 어디까지죠?

— 네. 나한정역에서 통리까집니다.

— 여기서 출발하면 얼마나 걸리나요?

— 한 시간 정도죠. 그런데 어딜 가시려구요?

— 아, 네 그냥….

텅 빈 대합실에 역원과 내 목소리가 메아리처럼 울린다.

— 그럼 태백에서 내려 구경하시지요. 석탄 박물관도 있고 용연 동굴도 있고….

— 네. 그러지요.

40분 후에 출발한 열차를 타고 태백에 도착한다.

태백에 얼굴을 내민 순간 그 싸늘한 기운이 와락 덮친다.

한겨울 태백은 된서리다.

재빠르게 오그라드는 몸을 괜찮아 괜찮아 달랜다.

석탄 박물관도, 용연 동굴도 여러 번 겪은지라 그냥 이쪽저쪽 걷는다.

머릿속으로 동굴 깊이 침잠하기도 하고, 천제단 아래 떠도는 구름을 낚기도 하면서.

지금 태백의 주목엔 상고대가 주렁주렁 열렸겠구나. 햇빛에 찬란하겠구나.

천 년 주목의 꿈틀거리는 가지마다 눈이 얼어붙어 백골처럼 누웠겠구나.

가지들은 우드득 눈에 눌려 휘청거리겠구나.

점점 차가워지는 몸이 따뜻한 어딜 좀 들어가자고 조른다.

그러나 갈 만한 곳이 없다. 저절로 발길은 역으로 향한다.

여기서 하루 묵어도 그만인데, 매서운 바람이 등을 떠민다.

동해역. 아침에 떠났는데 어느새 고향 같다.

열차시간을 알려주던 역원이 알아보고 인사한다.

마침 퇴근하는 길인데 같은 방향이면 차를 태워주겠다고 한다.

고단하던 참에 나는 고맙게 올라탄다.

— 저기 사거리 횡단보도 앞에 내리면 됩니다.

— 왜, 댁 앞에까지 가시지요.

— 슈퍼에서 뭐 좀 사려구요. 감사합니다.

— 네에…. 그럼 안녕히 가십시오.

초저녁인데 가로등의 그림자가 깊다.

덩달아 무거워지는 내 그림자를 데리고 집으로 간다.

불 꺼진 내 집은 통째로 그림자다.

파도와 아이들

9월 중순인데 그래도 아이들은 바다로 뛰어든다.

바다와 소통하는지 바다에 귀에 대고 소리치고 깔깔거린다.

아이들 머리를 슬슬 쓰다듬던 파도가 갑자기 뭍으로 밀어낸다.

머쓱해진 아이들. 쫄딱 흘러내린 면팬티를 추켜올리고 다시 바다와 몸 섞는다.

아이들은 몸이 갈대배다. 가볍고 나긋나긋한 티티카카의 갈대배.

티티카카도 이제 많이 오염됐다지.

잉카의 초대 황제 망코 카파크가 떠올랐다는 티티카카 호수.

안데스 산맥 3,800미터 높이에 둥실 떠있는 성스런 호수.

사람의 발길이 많아지면 어디든 황폐해진다.

사람의 발길에 무슨 몹쓸 것이 묻었기에….

멀리서 큰 파도가 우르르 몰려와 아이들을 덮친다. 아이들이 순식간에 사라진다.

아이들은 우주의 가슴 안에 있다. 우주의 말씀을 새기는 중이다.

파도가 모래바닥에 수천, 수만 개의 산맥을 빚는다.

나는 힘들이지 않고 그 산맥들을 쓱쓱 넘는다.

태백산맥, 천산산맥, 안데스산맥, 카라코람산맥, 히말라야산맥….
기억해 달라고 발자국 꾹꾹꾹꾹 누르면서.

가파름에서 막막함으로

또 태백 간다. 눈꽃축제를 찾아가는 것도 아닌데 공교롭게 날짜가 겹쳤다.

시끌덤벙에 한 번 섞여볼 밖에. 월요일이니까 좀 낫겠지.

날씨는 흐리기만 하고 눈은 오지 않는다. 열차가 마차리, 고사리 지나

도계 근처에 이르자 지난번 왔던 눈이 아직 많이 남아 있다.

나한정역에서 열차는 잠시 뒤로 간다. 약 5분간 스위치백 구간이다.

선두차량을 따라가던 꽁무니 차량이 앞서간다.

가끔은 열차도 뒷걸음질이 필요한가 보다. 나도 이참에 놓쳤던 풍경을 건진다.

열차 옆은 산 옆구리다. 수직의 그 벽을 끼고 가다가 열차는 터널로 진입한다.

가파름에서 막막함으로.

축제가 열리는 당골 입구부터 고성방가가 진동한다. 전국 노래자랑.

산을 30~40분 올라갈 때까지도 그 소리는 따라온다. 같이 가자 하지도 않았는데.

인디언 추장이니, 스핑크스니, 닭, 사자 등의 얼음 조각도 그렇고 '미로' 라고 하는 얼음벽도, 이글루도 무엇 하나 흥미롭지가 않다.

어제 일요일에는 관광버스만 700대가 몰려들어 차들이 꼼짝 못 했다고 한다.

없던 포장마차가 즐비하다. 다른 관광지도 그렇듯이 꼬치 하나도 평소에 세 배 받는다.

그래도 나는 그냥 가기 섭섭해서 하나 먹고 별로 따뜻하지도 않은 오뎅 국물을

덤덤한 오늘 하루처럼 후루룩 마신다.

돌아오는 밤 열차지붕 안을 보름달이 기웃거린다. 들어와 몸 좀 녹이려는지….

고래 박물관

살아 펄떡이는 것들의 짝짓기는 쉬운 일이 아니다.
밥처럼 투쟁하고 쟁취해야 하는 것.
어둡고 목마른 기다림의 긴 터널을 통과해야 하는 것.
한 마리의 노루가 홀로 새끼를 데리고 아슬아슬한 고비를 넘겨왔으나
그것은 다가올 시련의 시작에 불과하듯이 짝짓기는
막 칼집을 넣은 한 알의 붉은 사과에 지나지 않는다.

고래의 뒷다리, 보일까 말까 하는 작은 뒷다리가
미끄러운 서로의 몸을 포개도록 돕는다.
태초에는 발굽이 달리고 저렇게 머리가 비대하지도,
몸이 납작하지도 않았다는 고래.
육지에 살다가 바다로 가버린 고래를 바다에 와도 보지 못하고
나는 박물관에서 그들의 조상을 만난다.

나비 날개를 수천 개 쫙 펼쳐 놓은 듯한 수염고래의 등뼈화석
화석이 아름다운 건, 미라가 소중한 건, 그것들에 새겨진 누대의 흔적과

깊고 질긴 뿌리의 기미 때문일 것이다.

지금 저 먼 먼 바다를 헤엄치고 있을 목동고래, 귀신고래, 향고래,
밍크고래, 대왕고래도 자신의 뿌리를 궁금해할까. 문득
수염고래의 등뼈화석이 수천 마리 나비처럼 화르르르 날아오
른다.
허공도 바다처럼 투명하고 미끄러운지 부드럽고 우아하게 헤엄
쳐간다.
바다 쪽으로부터 혹등고래 휘파람 소리 아득하게 들려온다.
고래는 고래만 부른다 해도 나도 그들에게 스르르 헤엄쳐 갈 수
있다면 참 좋겠다.

물고기를 기다리는 남자

수평선과 하늘과 모래사장이 나란히 누웠다. 나도 덩달아 수평으로 눕는다.

참 멋대가리 없게도 설치한 번지점프 장치가 거슬린다고

장애물을 넘어서지 못하는 내 시야가 투덜거린다.

해안에 도달한 파도거품이 내 발바닥을 건드리며 가자가자가자고 재촉하지만….

나는 모른 척 하늘을 본다.

투명한 하늘을 떠도는 저저저저, 거뭇거뭇한 것들. 무수한 눈동자 같다.

관망하거나, 주시하거나 맴돌며 번득이는, 혹은 무엇인가 쏘아 보내는….

찰칵! 말간 어떤 시선이 나를 찍고 사라진다. 무엇이었을까?

한 남자가 아까부터 바다에 들어가 물고기를 기다린다.

그는 허리, 가슴, 머리만 있는 사람 같다. 물에 들어가기는 썰렁한 6월인데

벌써 몇 시간째 저러고 있다. 나는 추운데 춥지도 않은지….

하긴 물 밖의 사람이 추운 법이지. 사랑 밖의 사람처럼. 무대 뒤

의 사람처럼.

잠잠하던 파도가 생각난 듯이 전열을 가다듬어 몰려온다.

큰 말씀을 머금고 와 자꾸자꾸 토해내는 저 흰 거품은 바다의 어떤 전언일까?

그 약호(略號)를 읽지 못해 나는 못내 궁금하다.

외딴집

이 집은 길가를 외면하고 야산과 무덤과 논밭을 둘러싼 10여 채의 집과
바다로 가는 길로 돌아앉아 있다. 앞산 무성한 나무 사이로 구멍이 빽빽하다.
일제히 이쪽을 바라보는 작고 투명하고 징그럽게 많은 눈눈눈눈눈들.
나는 그 시선의 그물에 갇혀 숲을 뚫고 나가지 못한다.
바다로 가는 길은 아직 비었다.

밤 8시 30분. 가로등 누런 등이 어느 희귀한 거위가 낳은 황금알 같다.
늦게 도착한 차량들이 드문드문 바다 쪽으로 달려간다.
그들은 오늘 바다보다 잠자리가 더 급할 것이다.
밤 10시. 어제 내가 지치며 걸었던 그 길로 차 하나가 간다.
빨간 미등이 충혈된 어둠의 눈 같다. 구부러진 곳을 돌아가는 것들의 뒷모습은
이유 없이 쓸쓸하다.

아랫길로도 윗길로도 차는 끊겼다. 언덕배기 발전소 불빛이 훅 불 때마다 달아오르는 숯불처럼 빨갛게 깜박인다.

구름이 달을 꺼내 창공에 띄운다. 3년 전 돌아가신 어머니 얼굴 같다.

— 어머니 들어오셔요. 그렇게 차가운 허공에 매달려 계시지 말고따뜻한 방으로 들어오셔요. 엄마가 좋아하시는 팥밥이랑 산나물을 차려 드릴게요.

아참, 말랑말랑한 홍시도 있어요. 오늘 장날이었거든요.

밥 먹고 우리, 엄마가 잘 부르시던 '메기의 추억' 도 함께 불러요.

— 얘야, 내가 네게로 가면…. 그러면 너는….

어머니는 후닥 구름 속으로 자취를 감추신다.

— 엄마! 엄마아아….

햇빛

아침에 눈뜨니 방안에 햇빛이 그득하다. 노크도 없이 언제 이렇게 방을 메웠을까?

눈부시다. 나는 일어나 빛 속에 앉아 좌선을 하다가 즉각적으로 이런 시를 쓴다.

꿈이 너무 부셔서 잠이 깼다
방 안 가득 빛이다
후닥 일어나 빛 가운데 앉는다
빛은 부드럽고 미끄럽게 나를 쌈싼다
한 입!
무엇의 입 속으로 나는 들어가고 있는 걸까
내 헌 몸이 녹아드는지 둥둥 가볍다
빛은 빠르게 이동한다
금세 내가 그늘진다
몸이 무거워진다 다시,
그 부신 꿈을 꾸어 보려고 잠 속으로 기어드니
꿈이 텅 비었다

텅텅,

잠을 두드리니

허탕이 삐꺽 문을 연다

하얀 복면이다

– 눈부시다

크리스마스 선물

야산 아래 웅크린 서너 집. 밤이 돼도 캄캄하다.
그 집들 머리맡 무덤가에 징검다리처럼 가로등 켜진다.
불빛이 따뜻한 살구빛으로 빈집을 덥히는 사이
무덤보다 높은 곳에서 별 몇 점 떠올라 지구를 두드린다.
아직 잠자리에 들지 않은 개 한 마리가 꼬리를 나부끼며 마중 나온다.

크리스마스 이브. 복잡함과 뚝 떨어진 이곳은 오늘도 어제처럼 고요하다.
나는 베란다에 나와 고개를 길게 빼고 밤하늘을 바라본다.
북두칠성이 바로 머리 위에서, 금성이 왼쪽 귓가에서 무슨 신호처럼 깜빡인다.
그것들에 끌려 두리번거리는데 별똥 하나가 휘익, 곤두박질친다.
예기치 못한 장면에 감동하는 동안 또 하나의 별똥이….
하늘에서 쏘아 보낸 이 은빛 화살. 맞으면 나도 반짝반짝할 것 같은 빛나는 별화살.
오늘밤 별똥을 본 사람들에게 하늘에서 내려주는 크리스마스 선물.

밤 깊어가며 별은 점점 더 초롱초롱해 가고, 나는 점점 더 말똥말똥해지고.

새벽녘, 내게로 온 별똥을 하나씩 눈에 달고 늦은 잠 자고 나니 침이 달다. 쾌변이다.

걷기

오늘은 추암 해수욕장에서 삼척으로 난 이면 도로를 끼고 걸어 본다.

서울은 지금 차와 사람들이 얽혀 와글와글할 텐데 이곳은 적막하기 그지없다.

발뒤꿈치를 따라오는 떠돌이 개나 없으면 좋겠다.

걷기가 지루하고 힘들어지면 나는 얼마 전에 읽었던 책, 《나는 걷는다》를 생각하며

힘을 얻는다. 이 책은 프랑스의 기자였던 올리비에 베르나르가 이스탄불에서 터키, 이란을 거쳐 투르크메니스탄, 우즈베키스탄, 키르기스스탄을 지나 중국의 시안까지 1만 2천 킬로미터를 걸은 기록이다. 그는 직장에서 은퇴한 62세부터 4년 동안 이 구간을 걸었다.

이 실크로드는 오늘날 쿠르드족과 이슬람 민병대의 항거와 분쟁, 반란이 그치지 않는

삼엄한 곳이며, 사막과 고원을 지나야 하는 험준한 경로다. 그런 곳을 그는 혼자서,

다만 혼자서 오로지 걸어갔다. 여행이라기보다는 목숨을 건 탐

사라 해야 할 것이다.

제대로 자지도 먹지도 못한 채 하루에 40~50킬로미터를 걸으면서, 그는 '완벽한 고독과

무한한 공간에서 육체와 정신 사이의 조화' 를 통하여 '보행의 열반' 에 들었다.

열반—니르바나. 듣기만 해도 가슴 여며지는 이 궁극의 경지에 나는 무엇으로 들어보나.

열반은 비단 종교적인 의미에 속한 것만은 아닐 것이다. 이와 같은 보행의 열반도

있을 것이고 학문, 예술, 운동, 정치, 기업, 헌신, 사랑… 그리고 종국에는 삶 전체를

아우르는 크나큰 열반이 기다리고 있을 것이다.

'자신의 침대에서 죽기를 원하는 사람은, 그래서 절대 그곳에서 벗어나지 않는 사람은 이미 죽은 것과 마찬가지' 라는 신념을 가지고 올리비에는 위험한 고비고비를 슬기롭게 넘겼고, 길을 잃어 헤맬 때도 '돌아간다는 것은 한편으로는 다른 것을 향해서 똑바로 가는 것이기도 하다' 면서 자신을 부추기며 낙심하지 않았다. 물론 행운도 따랐다.

1,099일. 1만 2천 킬로미터의 대장정을 마치고 그는 새로 태어난 자신을 발견했다고

썼다. 무엇을 찾으러 시안까지 갔냐고 물으면 '그 다음을 살기 위해서' 라고 했다.

발견과 거듭남은 치른 자의 몫이다. 치른 것이 없는 나는 갑자기 할 말이 없어진다. 나는 지금 이 순간도 대리운전을 하며 가고 있는 것은 아닐까?

'도착하기만을 원한다면 달려가면 된다. 그러나 여행을 하고 싶을 때는 걸어서 가야 한다.'

루소가 《에밀》 가운데 한 이 말을 올리비에는 전적으로 '행' 했다.

태풍, 매미

손톱을 곤두세우고 허공을 마구 할퀴는 바람
서슬 퍼런 칼날이 강철 난간을 긁어대는 날카롭고 싸늘한 소리.
원한에 사무친 혼들이 뿜어대는 소름끼치는 악다구니.
보이지도 않는 그것이 덜커덩덜커덩 창문을 흔들어대더니
어느 틈에 방으로 기어들어 거울 앞에 선다. 투명한 복면이다.

나는 귀를 막고 이불을 뒤집어쓰지만 그것은 이미 내 안으로 들어와
내 머릿속을 발칵 뒤집는다.
가슴 어디선가 바작바작 콩자반 졸아드는 소리가 난다.
유리창에 빗방울 주르르 미끄러지듯 땀이 등을 타고 저 혼자 줄행랑친다.
태풍이 동해로 빠져나간다는 날인데 여기가 바로 동해.

'전망 좋은 집' 덕분에 앞을 막아줄 보루가 없어 알몸으로 태풍에게
실컷 두들겨 맞는다.
식구들 곁을 떠나온 것을 후회하며 날 밝기만 기다리다가

깜빡 잠이 들었다. 눈뜨니 말짱한 아침.
파밭은 쑥밭이 되어 뿌리 뽑혔고 배추는 기진해 널브러졌다.
작은 나무들이 바다쪽으로 반쯤 기울었다.
사람의 남루한 지붕 한귀퉁이를 태풍 매미는 기어이 물고 갔다.
집 없는 짐승들 어디서 지난 밤 떨며 샜을까.
맨살의 어린 나무들 얼마나 춥고 두려웠을까.

영동선 열차운행이 한 달간 정지된다고 한다.

어떤 농부

시끄러운 기계소리에 잠이 깼다.
밭 가장자리 낡은 집이 헐리고 있다.
끼리끼리 어울렸던 기왓장이며 시멘트 벽돌, 철근조각,
돌멩이, 타일 부스러기들이 서로 뒤섞여 모처럼 사이를 트는지
살 비비는 소리 요란하다.
포클레인의 거대한 손가락이 농을 걸듯 툭툭 집의 혼을 건드리는 옆
채소밭에서 밭주인은 열심히 푸름을 솎는다.
푸름 속에는 더러 희끗희끗함도, 누리끼함도 묻어난다.

그는 집으로 들어가 나무상자를 들고 나와 땅을 파고
조심조심 구덩이에 넣는다. 짚을 덮고 다독다독 상자를 묻는다.
미생물에게 바치는 한 수레 공양.
시큼한 밥 냄새, 흐믈흐믈한 저 밥에서 우글우글 자라는 것들.
흙이 기르는 밥, 밥이 살리는 목숨들로 땅 속은
오늘도 후끈하고 질펀하다.

아침에서 밤 사이

골목에서 개 두 마리가 튀어나와 헐레벌떡 뛴다. 비슷한 크기의 누렁이와 흰둥이.

앞서가는 누렁이가 암놈인 듯 흰둥이는 그 녀석의 뒷구멍을 연신 핥으며 간다.

신새벽에 벌써 짝짓기?

찌그덕, 알루미늄 새시로 테두리된 문을 열고 한 아주머니가 나와 밭으로 간다.

아침거리를 따거나 캐러 가나 보다. 싱싱한 아침 거리.

이슬 툭툭 털어내고 씹으면 참 아삭아삭하겠다.

몇 집 건너에서 운동가방을 메고 나오는 젊은 남자는 얼굴에 남은 잠을

손바닥으로 쓱쓱 문지른다. 가방이, 털어내지 못한 잠처럼 덜컹덜컹 매달려 간다.

골목이 꺾이는 모퉁이를 끌어안고 허리가 직각으로 굽은 할머니가

자기 그림자 속으로 주춤주춤 오고 있다.

지나온 평생의 눈금을 세듯 타박타박 걸어간다.

그녀에게도 한때 직립의 오만이 물결쳤을 것이다. 그러나 지금은 수그린 몸.

'진입금지, 돌아가시오' 표지판 앞에서 잠깐씩 망설였던 기억처럼 저 할머니,

노을 진 그림자를 앞세우고 주춤주춤 굽은 길을 돌고 있다.

밤이 되자 바다에도 크고 작은 불이 뜬다. 바다는 안 보이고 배도 안 보이고

불빛만 불어나며 떼를 지어 멀리 미끄러져 간다.

드디어 불빛들이 멈추더니 크고 밝은 외눈으로 이쪽을 바라본다.

불시착한 우주선 같다. 接하고 싶다.

그래도 오늘의 풍경은 아름답다

이정표의 흰 화살표가 갈매기처럼 바다로 향해 있다.

나는 무조건 그것이 가리키는 대로 걸어간다.

그것은 바다로 가는 무수한 사람들의 마음을 설레게 하면서 자신은 담담하다.

가느다란 다리 둘, 머리며 몸통인 사각형이 모두인 단순한 물체.

그러나 그것은 사람이 가는 길의 향방을 지시하고 수정한다.

그리고 때로 길 밖의 세상으로 내몰기도 한다.

이정표 앞에 서면 가슴은 뛰고 몸은 달아오른다.

꽁지가 푸른 새 한 마리가 부리를 콕콕 찍으면서 나를 앞서간다.

너도 바다로 가는 거니? 이리 온, 같이 가자꾸나!

아무도 없는 시골길
몸이 푸른 새 한 마리가
부리를 콕콕 찍으며 나를 앞서간다
이리 온, 같이 가자꾸나!
풍경이 길인 우리들
오로지 골똘히 걸어서 가는 거야
풍경이 데려다주는 한 기슭에서

따뜻한 이마를 마주대고 밤을 보내는 거야

어느 별 하나의 주검이 어제처럼

내 가슴에 화살로 박힐지 모르지만

그 짧은 순간이 길을 파도치게 할 거야

노을이 뚝뚝 흐르는 이 길은

막무가내 붉어서 아름답잖아?

－그래도 오늘의 풍경은 아름답다

선원에서

— 영준아! 가서 스님 가사 가져온나.

여섯 살 꼬마를 데리고 온 할머니가 스님 옷을 빨아오겠다고 손자에게 심부름을 시킨다.

손자가 할머니 말귀를 못 알아듣자 할머니는 다시

— 스님 옷 벗으시라 해서 가지고 온나.

뽀르르 꼬마가 나갔다가 잠시 후 스님 옷을 가지고 온다.

— 스님 옷을 아무나 벗기나요?

내가 농담하자 다 웃는다.

할머니가 수행하시는 동안 꼬마는 혼자 여자 탈의실에서 레고를 가지고 논다.

— 꼬마가 참 신통합니다. 혼자 지루할 텐데 이렇게 잘 노니….

— 야가 좀 신통하요. 그라고 우찌나 양보심이 많은지 인라인 스케이트를 탈때도 마,

앞에 가는 아를 앞지르지 몬하겠다고 안카능교. 그 아가 넘어질까봐서루.

— 할머니 따라 선원 다니니까 마음이 선해서 그런가봐요.

— 그칸다꼬 지 엄마는 속상해 죽을라꼬 안카요. 양보만 하능기 좋은기 아니라꼬….

나는 아이의 얼굴을 자세히 들여다본다. 순하디 순한 눈빛일 줄 알았는데

눈매가 당차다. 이미 분별심이 있는 걸까.

서울과 동해 사이

서울이 나에게 "너는 또 동해로 가고 있군" 하고 말한다.
동해가 나에게 "너는 지금 동해로 오고 있어" 라고 한다.
'간다~온다' 의 사이에서 나는 엉거주춤하다.
말과 말, 글자와 글자, 사람과 사람 사이에서도 나는 늘 엉거주춤하다.
지금 분명한 사실은 비가 오고 있고, 나뭇잎이 흔들리고, 아스팔트에 윤기가 흐르고
언덕을 올라가느라 자동차의 숨소리가 거칠어졌다는 것.

내 옆의 좌석에는 배낭이 앉아 있다. 지퍼를 조금 내린 채.
나는 그것 안으로 손을 슬몃 넣어 사과를 하나 꺼낸다.
사과는 순순히 딸려나온다.
이브 이후 이브의 사과로 낙인찍힌 그것.
벌겋다. 나는 벌건 그것을 한입 베어 문다. 별로 당기지 않는다.
내 이에 상처 난 이브를 그냥 물리고 잠시 눈을 감고 있는 사이
예고 없이 버스가 터널로 들어가고, 사정없이 좌우 벽이 막아서고,
대책 없이 어둠에 붙들린 동안,
이 시대의 아담 몇몇은 여전히 졸고 있다.
이제 버스는 동해 쪽으로 바짝 붙었다.

태풍, 산산

2년 전 태풍 '매미' 에게 혼이 나서 슬슬 피해 다녔는데 이번엔 '산산' 에게 덜미를 잡혔다.

산이 하나도 아니고 둘씩이나…. 밤 12시부터 새벽 3시까지가 동해안 쪽이 고비라니 한밤중이라 두려움이 더하겠다.

창문을 꼭꼭 걸어 잠그고 문틈에 종이를 말아 끼우고

(나로서는 더 이상 방비책도 없지만) 전투태세를 갖추듯 마음의 준비를 한다.

밤 10시가 넘어도 비만 내리고 바람은 별 기색이 없다.

밤 11시. 마치 그 무엇을 기다리듯 귀 기울이며 시계를 자주 본다.

'괜찮을 거야. 집안에 있는데 뭐. 지난번도 무사했잖아?

스스로 달래면서 불안을 떨치려 애쓴다. 수행할 때는 이럴 때 떨치려 하지 말고 두려워하는 마음을 보라 했는데….

새벽 1시가 돼도 잠잠해서 오히려 궁금해 하며 밖을 내다본다.

나뭇가지는 많이 흔들리는데 다행히 창문은 덜컹거리지 않아 다소 안심하고 잠을 청한다.

날이 밝자 고비라던 어제보다 비바람이 거세다. 이것저것 부스럭대다가 비가 좀 가늘어진 사이에 파도 보러 나간다. 이런 날 파도가 장관이지.

언덕에서 내려다본 바다는 수평에서 볼 때보다 더 섬뜩하다. 수많은 산맥이 한꺼번에

몰려오는 듯, 혹은 거대한 등뼈동물이 우르르 달려드는 듯. 와서는 바위를 삼키고

방파제를 덮친다. 방파제 울타리 안에 있는 나까지 삼킬 기세다.

방파제의 스타 블록은 대부분 뉘어 놓았는데 어떤 구간엔 세워 놓아 마치 팔 벌리고

수호하는 모습처럼 보여서 그나마 조금 위안이 된다.

때로는 파도 속에서 폭탄 터지는 소리도 난다. 무슨 일이 벌어지고 있는 걸까?

해저왕국에 분쟁이라도? 폭동이라도? 이 풍파에 갈매기 몇 마리가 그래도 날아다닌다.

서슬 퍼런 물보라 속을 거침없이 들며날며. 작은 저것은 간도 큰데 내 간은 콩알만하구나.

갑자기 빗줄기가 굵어지더니 바람이 내 우산을 휙 낚아채간다.

순식간에 나는 옷이 다 젖고 몸이 젖고 마음이 젖는다.

날씨도 깜빡 어두워져서 내려갔던 꼬불꼬불한 골목이 헷갈린다.

어젯밤 집안에서보다 더 두렵다. 으르렁거리는 파도를 애써 외

면하고 이 골목 저 골목을

헤집고 다닌다. 어느 골목 끝까지 가면 막다른 집이 막아서고, 또 다른 골목 끝에는 담벼락이 버티고. 도움을 청할 아무도 없다. 의지할 그 무엇도 없다.

'산산' 이여! 내가 당신을 너무 가볍게 생각했나보다. 자연이 화를 내면 벌벌 떨어야지

구경을 한다고? 비바람이 호되게 나를 친다.

후기

풍경을 어떻게 말이나 글로 할 수가 있어? 하면서도 또 썼다. 풍경에 기대, 풍경으로 말미암아 촉발되는 자발적 충동으로 … 운운하면서.

여행이란- 사람들이 말한다. '떠남이 아니라 돌아오기 위함' 이라고.

혹은 '여행을 통하여 자신의 삶을 되돌아보고 재충전할 수 있는 시간' 이라고.

글쎄? 나는 그냥 '그곳' 이 궁금하고, 보고 싶고, 그 보고 싶음에 안달이 날 지경이면 짐을 꾸린다. 그러므로 내게 있어 여행은 다만 유혹에 대한 이끌림이라고 할 수 있겠다.

그러나 어떤 고대의 흔적이 암시하는 모호한 상징이라든지, 미묘한 분위기라든지, 또는 장대하고 황량한 자연의 적막하나 낯설지 않은 풍광, 혹은 생명 가진 존재들이 피해갈 수 없는 가파른 삶의 서러운 손을 잡을 때면, 나는 그들과의 관계망 속으로 삼투됨을 느낀다. 그 모두가 바로 우리이므로. 그때 어떤 이미지나 충격의 파장이 물결쳐 와 나는 쓸 수밖에 없어진다. 쓰되, 흔히 여행기나 서정시에서 대상을 자신과 동일시하는 자의적 해석을 피하고자 노력한다. 끼어들지 말기. 있는 그대로 보기. 해석하지 말기.

5년 전 《여행 에세이》를 출간했을 때 도움이 컸던 나남출판에서 이번에도 힘써 주셨다.

조상호 사장님과 원고를 담당했던 직원들께 깊은 감사를 드린다.

그리고 미얀마 사진의 대부분을 흔쾌히 제공해주신 사진작가 라상호 선생님의 귀한 사진을 싣게 되어 기쁨과 감사를 전한다. 또한 동해 사진을 새로 찍어 단박 보내주신 동해시청 공보문화 담당자께도 고마움을 표한다.

책 한 권 썼다고 힘들다며 주저앉는 나를 동해의 높은 파도와 장터를 일구는 부르튼 손들이 일으켜 세운다. 1만 2천 킬로미터에 이르는 실크로드를 혼자, 오로지 혼자 걸으면서 '보행의 열반'에 든 올리비에 베르나르가 나를 부축한다.

2006년 12월
김 향